JN085311

無作為に選び垂らした刃薬は、
果たして剣に青い稲光をもたらした。
すぐさま近くに寄ってきていた濁り水を切り払えば、
内部にテスラコイルのような電光が飛散し、
濁り水は消滅した。
有効だ、当たり効果を引いたぞ。

NAME
エトナ
RACE & JOB
サイクロプス／鍛冶屋
PROFILE
寡黙で一途なサイクロプスの美少女鍛冶屋。裏ルートを見つけて鍛冶場にやってきたアリマのことが、なぜかとても気に入ったようで……!?
NAME
アリマ
RACE & JOB
リビングアーマー／剣士
PROFILE
個性的でとがったゲームが大好きな“クソゲーマー”。
幸運にも最新VRMMOのプレイヤーに選ばれ、ウキウキ気分でゲームをスタートするも偽情報にだまされ「呪われし鎧(リビングアーマー)」でプレイを始めてしまい!?

NAME
シーラ
RACE & JOB
土偶（どぐう）／ガンナー
PROFILE
アリマと出会い、行動を共にする遮光器（しゃこうき）土偶のお嬢様。上品な物腰と丁寧な言葉遣いが特徴で、目から熱線を放つ遠距離攻撃も可能。
NAME
リリア
RACE & JOB
エルフ／戦士
PROFILE
お堅くて生真面目な性格のエルフ美女。多彩な武器を扱う戦士で、故郷の森に迫る異変を解決すべく、助けを求めて旅立つことに。
NAME
ランディープ
RACE & JOB
???／シスター
PROFILE
ドリル風巨大武器を苦もなく振り回す、超ヤンデレな謎めいた美人シスター。常軌を逸した感性と、変態的な性癖の持ち主。

『フフ、熱い。
とても熱くて熱くて……、
エヘヘ、溶けてしまいそう。
癖になってしまいます……！』
まず最初に彼女の纏う聖職衣が
ぴっちりと彼女の肢体にへばりつき、
徐々に形を崩して彼女の皮膚と同化し始める。
まるでピチピチのラバースーツを
着用したような艶めかしい姿。

クソザコ種族の呪われし鎧（リビングアーマー）で理不尽クソゲーを超絶攻略してみた

1

Beat the Devilishly Difficult Game
with the Weakest Race :
Living Armor!

へか帝
Illustratoin
夕子

口絵・本文イラスト　夕子

1 Beat the Devilishly Difficult Game with the Weakest Race : Living Armor!
CONTENTS

005 第　一　章 ◆ 開封(かいふう)の儀
015 第　二　章 ◆ 生まれた意味を教えてください
026 第　三　章 ◆ 帽子がトラウマになりそう
038 第　四　章 ◆ こんなデスペナルティはいやだ
047 第　五　章 ◆ 気難しいNPC
054 第　六　章 ◆ とある情報交換掲示板にて
066 第　七　章 ◆ エルフ達の懸念(けねん)
073 第　八　章 ◆ 装備修理
081 第　九　章 ◆ 川の流れ
086 第　十　章 ◆ 水の行く先での目覚め
094 第十一章 ◆ 協力関係
104 第十二章 ◆ 地下水道の探索
112 第十三章 ◆ スキル発現
122 第十四章 ◆ 仲間と顔合わせ
130 第十五章 ◆ 地下水道、リベンジ
137 第十六章 ◆ vsランディープ
145 第十七章 ◆ ありがとうの撃退
153 第十八章 ◆ ありがとうの会合
160 第十九章 ◆ 一時撤退
169 第二十章 ◆ 調合依頼
178 第二十一章 ◆ 地下水道、再攻略
194 第二十二章 ◆ はじめてのボス戦
200 第二十三章 ◆ ボス戦後半
234 第二十四章 ◆ ダンジョンクリア
240 第二十五章 ◆ 密　談
249 第二十六章 ◆ とある情報交換掲示板にて その2
263 第二十七章 ◆ 沼地を歩く

第一章◆開封の儀

『生まれた意味を教えてください』

……フルダイブして、一番最初に目に入るメッセージがこれか。

やってくれるじゃないか、『Dead Man's Online』。


没入型ＶＲ機が市場に流通してから約20年。

度重なる改良を施され、家庭用として普及したのが15年前。

様々な規制を突破し、初の完全ＶＲゲームが海外で発売されたのが4年前。

そして今日。とうとう日本の全ゲーマー待望の、初の国産没入型ＶＲＲＰＧ『Dead Man's Online』が発売された。

開発は〝あの〟トカマク社。

そう、ハードな難易度とダークな世界観に加え、ケレン味が抜群に効いた爽快なアクションが評判のあの会社。

トカマク社はことアクションゲームという方面においてはユーザーから絶対的な信頼を勝ち得ており、いったいいつになったら新作を出すんだと全世界のゲーマーから熱視線を注がれ続けていた。

そのトカマク社が、満を持してのVRゲーム業界参入。

しかも、初の国産没入型VRRPGで。

開発決定を知らせると同時に放映されたPVは、トカマク社のロゴが映っただけで会場が爆発的な歓声に包まれた。

放送されたPVの内容は中世の雰囲気を感じさせる石造りの街並みの世界で、甲冑を身に纏った勇士が剣と魔法を駆使して魔物に挑み栄誉を掴む。そんなハイファンタジーな世界観のものだった。

まさしく誰もが求めるVRRPG、王道中の王道。ファンタジーの本懐。

言ってしまえばありきたりな設定のゲームだった。

——開発がトカマク社だという点に目をつぶれば。

〝だってトカマク社だよ？〟

よく訓練されたゲーマーたちの心の声はこれに尽きる。あの会社の作るゲームの世界は、いつだって一癖も二癖もあった。

だから待望の新作発表に歓声を上げながらも、内心に巻き起こる疑念を拭いきれずにいたのだ。

果たしてあのトカマク社が、こんな癖の無いゲームを作るのか？　みんなそう思っていた。俺だってその一人だ。

ただ、そんな意見は少数派。

トカマク社も新規のフォーマットに足を踏み入れるのに、奇をてらった作品をぶち込むリスクを嫌っただけだ、トカマク社だって堂々と王道を歩みたいときだってある。

世間ではそんな考え方が多くを占めていた。

ただし、あのひねくれ者のトカマク社を心底から信頼している者たちはそうは思わない。

これは絶対に普通のファンタジーではない。『Dead Man's Online』という物々しいタイトルにしてもそうだ。

何かが、絶対に何かが隠されているはず。

疑り深い、所謂信者と呼ばれるような者たちがネットにアップされたＰＶを穴が空く程に何度も何度も視聴していくうちに――不穏な要素が見つかった。

……甲冑の指の数が五本ではない。

そういえば、素顔はおろか肌を晒した人物が一人も登場していない。

思い返してみれば、日差しの下で伸びる影が不自然な形状をしている。

耳を澄まして聴いてみれば、剣戟の合間に不可解な水の音が混じっている。

次々とまろび出てくる不安の種。

マニアが見つけ出したこれらの要素は、インターネットを伝わってじわじわと広まっていく。

やはり何か隠されている。あの会社が普通のゲームを作るはずがない。だってトカマク社だもん。

徐々に高まっていくプレイヤーの異質な期待を、果たしてトカマク社は裏切らなかった。

新報。プロデューサー自らゲーム概要を説明した動画が公開された。

ゲーム紹介の第一声はこうだ。

〝プレイヤーは『人間』ではありません〟

プレイアブルなアバターとして羅列される人ならざる怪物たち。

それを見てVRゲーマーたちは度肝を抜かれた。なぜか。

それは人外の操作が没入型VRゲームにおいて向こう10年は不可能とされる特異点だったからだ。

没入型VRゲームにおける人外キャラの操作、というブレイクスルーが果たされた経緯だが、曰く野にいた変態技術者に望むだけの環境と時間と金を与えたら実現が叶ったらしい。

人外の操作を可能とした技術者を変態と呼称したプロデューサーだったが、件の変態を見出し、それを可能とするだけの投資をしたトカマク社こそが最大の変態企業であることは言うまでもない。

補足として、もちろん慣れ親しんだ人型のキャラクターももちろん作れる。

世界の設定上純粋な人間は存在しないものの、いわゆる魔女や吸血鬼のような人と見分けの付かない種族をクリエイトすれば良いそうだ。

説明動画で明かされた事実はそれのみではない。共に次々と開帳されていく新情報。

月下の廃城。濃霧に覆われた峡谷。原始林の深奥へ延びていく血痕。

新たに公開されたいくつかのスクリーンショットを目にすれば、いい加減誰でも察する。

トカマク社が俺たちに用意した舞台は、ただのファンタジーではない。

〝ダークファンタジー〟だ。

「神様仏様トカマク社様、本当にありがとうございます……！」

そして俺はその『Dead Man's Online』の販売抽選に当選し、幸運にも発売日からたった二週間後に入手することができた。

数多の予約抽選に敗北して幾星霜。当選発表時刻を過ぎても一向に届かないメールに絶望したのも一度や二度ではない。

そんな俺が奇跡的に当選したのは、知人の勤める個人経営のショップの店頭抽選。

欲しいものはなんでもネット上で売り買いできる昨今だが、結局一番最後に大事なのは自分の足を動かすことだった。

おかげさまで、縋るように近所の神社に毎日通い詰めて必死に祈りを捧げた日々も報われた。腹痛に苦しんでいる時以外であれほど敬虔に祈ったのは初めてだな。

当選した瞬間はマジで一瞬だけ神の存在を確信した。

もちろん神社には当選したあとも感謝の気持ちで通い続けている。おかげさまで神社まで散歩しにいくのが毎日のルーティンだ。

思わぬ副産物として、神社に参りすぎるあまり気がついたら社務所の巫女さんと仲良くなっていた。

当初は親の手術成功かなにかを祈っていると思われていたそうだ。

必死すぎるだろ、俺。

そんなこんなで、とうとう我が家にこの約束された神ゲーをお迎えすることができたのだ。

梱包された箱には『有馬 祐』と、宛名欄に間違いなく俺の名が記されている。

興奮を隠しきれぬまま震える手で開封の儀を執り行う。

梱包を一段剥くごとにいちいち写真を撮るというアレだ。待望の新作ゲームを手に入れた暁には必ずこれをするのが俺の流儀だった。

今すぐにゲームを遊びたいという一度きりの激情を抱えながらも、それを抑えつけ箱の外観を隅々まで観察するのがたまらない。

そうやって丁寧に丁寧に箱を開いていけば、現れたのはゲームソフトではなく、小ぶりな冊子。

「説明書。まさか本当に実在したとはな……！」

本ゲームには時代錯誤な紙の説明書が同封されている。

発売されたゲームがユーザーの手元に渡ってすぐ話題になった情報だ。

もちろん事前に知識としては知っていたが、やはりこうやって実物を目にするとなんとも言えない感動がある。

チュートリアルさえ省かれていく昨今、紙媒体の説明書なんて化石も良いところ。

嘘か真か、ゲームではなく説明書のみが単品で高値で取引されているとさえ聞いた。

あたかもゲームの中の世界から飛び出してきたかのような古めかしい装丁や、年季の入った古紙の匂いを再現したそれは、製作陣の妄執的なこだわりを感じさせる。

こんなご時世に少なくないコストを支払って説明書を作ったんだ。操作マニュアル以上の意味を持つことくらいすぐ分かる。

これはゲームの説明書ではなく、世界の説明書。いかにもトカマク社がやりそうな、粋なやり方だ。

テクノロジーの発展により異世界は空想ではなくなった。今や俺たちは没入型ＶＲ機器を通して、空想の世界の一員となることができる。

こんな説明書まで添えられてしまえば、俺たちは空想と現実の境界を見失ってゲームに熱中してしまうこと請け合いだ。

折り目を付けないように慎重にページをめくってみれば、ゲームのキャッチコピーが目に入る。

『生まれた意味を殺して探せ』

人無き世界に、人ならざる異形が人の真似ごとをして暮らしている。

異形の名は死徒。生きる〝意味〟を持たない死なずの怪物たち。

虚ろな死徒たちには、たったひとつの悲願がある。

それは〝死〟を迎えること。

伝説に語られる〝人〟になれば、死を迎えられるという。

今は亡き〝人〟はかつて生きており、故に死という特権を持っていた。

嘘か真か、我々死徒は生まれた意味を知ったとき、人に生まれ変わるという。

今こそ、生に祈りを。我ら再誕の時だ。

……うん。良い子のちびっこたちにはお見せできないバイオレンスなあらすじだ。だからこそたまらん！

いかん、テンションが上がってきた……！

「ヒャア我慢できねぇ！　説明書は後だ、良いからゲーム始めっぞ!!」

説明書のすぐ下にあったキューブ状のユニット――『Dead Man's Online』を手に取り、ヘッドギアの後頭部のスロットに挿入してそのまま頭に被る。

「水分補給良し！　トイレ良し！　タイマー良し！　救助センサー良し！　ゲームスタート！」

自慢じゃないが俺は開封の儀を完遂したことがない。どうせ今回も我慢できなくなるだろうと踏んで事前にヘッドギアを用意しておいたのさ！

すぐさまヘッドギア起動条件のクリアを確認し、スイッチオン。

身体が下へどぷんと沈む錯覚と同時に、俺の意識は暗転した。

『生まれた意味を教えてください』

……フルダイブして、一番最初に目に入るメッセージがこれか。

やってくれるじゃないか、『Dead Man's Online』。

第二章 ♦ 生まれた意味を教えてください

『生まれた意味を教えてください』

まだ意識だけの状態だってのに、字面の圧力が凄まじいので思わず体を反らそうとしてしまった。

突然このメッセージが出てきたときはすわ何事かと思ったが、どうやら早速キャラクタークリエイトの時間らしい。

気を取り直して見てみれば、俺には操作キャラの素体がいくつかの選択肢として提示されていた。

用意されているのは人型、獣型、蟲型などなど。思っていたより数が多い。初めに大雑把な方向性を決めるらしいが、この時点でかなりバリエーションが豊富だ。

人外キャラを操作できるという斬新な要素を目玉にした以上、キャラクリの自由度で手を抜くはずもないか。

だが、俺はこのゲームを人型で遊ぶと決めていた。

そう、このゲームは人外も作れるというだけで、人型のキャラクターもちゃんと作れるのだ。

誰も彼もが好き好んで怪物に生まれ変わりたいわけでもない。

いや、興味がないと言えば嘘になる。

公式がいかにキャラクリが自由なのかを喧伝するために、社員が製作したキャラクターのビジュアルを公開していたのだが、そこで見た三枚のスクリーンショットが想像を超える完成度の代物だったのだ。

一枚目、右肩だけに純白の大翼を持つ七本腕の山羊頭の天使。

一番手からして冒涜的な容姿だ。首から下の女体が妙に肉感的なあたりに製作者の度し難い性癖が見え隠れしている。

矛盾した言葉になるが、スタンダードな異形だった。

モンスターというよりかは、クリーチャーと表現したほうが的確だろうか。

七本の腕には剣や杖、ボウガンなど多様な武器を装備しており、多腕のキャラが複数の武器を同時に身につけられることを示していた。

二枚目、魔剣。

なるほど自由とはそういうことかと納得させられる姿だ。

この剣が武器ではなくキャラクターだというのだから、これを操作できるゲームなど他にない。

全身を使った攻撃はもちろん、きっと魔法による支援攻撃もできるのだろう。それどころか、ほかのプレイヤーに直接振り回してもらうこともできそうだ。斬新すぎる。

わざわざこんなキャラを創るやつがいるのかとも思ったが、好きな外見の武器を創れるという意味でもあるわけで、需要はあるかもしれない。

三枚目、トマト。

どうやらトカマク社のスタッフの中にも馬鹿野郎が混ざっているらしい。

げに恐ろしきは、トマトの周囲にトマトの名残がある刀剣が浮遊していること。スクショのみで詳細は一切明かされなかったものの、当然掲示板でかなり物議を醸した。

こいつの存在によって、一部の特異な種族は何か固有魔法を行使できるのではと予想されている。

自由という言葉にも限度があるだろというのが俺の初見の感想。特に三枚目。

異形の操作可能を発表したころには作れてもスケルトンやスライム、ガーゴイル程度だろうという意見もあったが、トカマク社はそんな意見を僅か三枚のスクリーンショットによってぶち破った。

このトカマク社員が製作したキャラクターたちは何らかの形でゲーム内に登場するらしい。詳しいところは伏せられたままだが、個人的にはトマトの立ち位置が気になるところではある。

至難に思えるキャラ作成だが、実際はアバター作成の初心者であっても多種多様なプリセットが用意されているため、それらを駆使すれば容易にありとあらゆるクリーチャーが作れる。

一枚目のスクショで半魔物の女性キャラを作れることが明らかになったため、掲示板等ではハーピーやアラクネ、ラミアといった俗にいう魔物娘を作ろうと息巻いている勢力も見受けられた。

しかもこの勢力、どうやら規模が大きそうである。ゲームで遭遇することも多くなるだろう。

閑話休題。

俺が作ったキャラクターは、フルプレートアーマーの騎士。

ひとりでに動く中身のない鎧だ。所謂リビングアーマーというやつだった。

鎧の外観に特筆すべきところはない。ＴＨＥ・鎧って感じの外観だ。

上から下までねずみ色の金属製で、薄い金属板でも防御力を高めるために曲面の多い構造になっている。

おしゃれな紋章の入ったサーコートとかはない。でもこれでいい。質素だからこそのかっこよさだってあるものだ。

ちなみにわざわざリビングアーマーにした理由は、公式で初心者はこれがオススメって言っていたから。

……笑うな。俺は真面目なんだ。

ゲームの遊び方は人それぞれ。俺がこのゲームに求めることは、怪物になって暴れる快感ではない。

没入型VRRPGを楽しむことだ。

だってファンタジーを攻略するのは、やっぱり騎士じゃないとな。

ただこのリビングアーマーという種族、装備アイテムがそのまま自身のキャラクター外観となる都合で、この『Dead Man's Online』最大の売りである自在なキャラクリ要素をドブに捨てる行為だったりする。

いわゆるデフォルトキャラというか、勇者の名前を『あああ』に設定するような情緒のなさがあるわけで……。

……ええい、揺らぐな俺の決心よ！　どうせゲームを始めてみれば周りのプレイヤーはゲテモノばかりだ、普通だって立派な個性になる！

やっぱりもっとグロテスクな怪物のほうが……という俺の未練を断腸の思いで振り切り、キャラクターの作成を完了する。

プレイヤーネームは『アリマ』に設定した。有馬、という自分の苗字をカタカナにしただけの安直な命名だ。

でも俺は小さいころからゲームをするときはずっとこの名前にしてきた。

ゲームのキャラに自分の名を直接つけることに恥ずかしさもあるが、一番感情移入できる愛着のある名前だった。

そして。

「きたな。これが――」

最後にもうひとつ。『Dead Man's Online』はキャラクタークリエイトの終わりに『最後のようすが』という要素を設定することができる。

死んでも生きてもいない死徒たちがこの最後のようすがを忘れたとき、正気を失って見境なく暴れる『魔徒』と呼ばれる存在に堕ちる……というのが公式からの設定。

ずばり自分の作成したキャラの、根幹の要素だとか。キャラクリの最後に加えるエッセンスのようなものだ。

これは概念的なキーワード群からひとつだけ設定することができる。

発売前の紹介では、『憧憬』『望郷』など異形の存在に与えるには妙に深みのある語群が揃っていた。

ここで選択したキーワードでなにがどう変わるのかは、現段階では完全に謎。まあ、自分の作ったキャラに相応しいものを選択するのが無難だろうな。

俺がゲーム入手前に指をくわえながら眺めていた掲示板にはお淑やかで見目麗しいシスターに『破壊』の二文字を与えると宣誓していたやつもいた。

そういう風にあえて外観と真逆のコンセプトを選んでギャップを愉しむやり方もあるだろう。

しかしなんだかステータスの伸び率に影響を与えそうな感があるが、本当にいいのだろうか。いや、件の聖女はそれが本望なのか?

まあいい、ともかく今は俺のキャラだ。

どうやらワードがランダムで一つだけ表示され、気に食わなかったら再ロールという方式らしい。

今出ているワードは『怨嗟』。

せっかくのナイトがそんなコンセプトで動いていたら嫌だよな。というわけで再ロール。

今度は『忠誠』。悪くはないが、誰に仕えてるわけでもないしちょっとイメージがない。

もう一度。

次、『反逆』。反逆する騎士とか解釈違いなんで。

次、『憤怒』。キレんな。

次、『愛欲』。えっちなのはいけないと思います。

次、『後悔』。……ちょっと待って、これ長引くやつだ。

でもこういうのってあとから変更できないんだよなぁ。

とっととゲームを始めたい気持ちもあるが、妥協するとあとで後悔するのが目に見えている。

キャラクリに時間を掛けなかった分、こっちに時間を割くのも悪くないだろう。

よし、納得いくまでやろう。

……と、いうわけで再ロールを繰り返すことしばらく。

ネタに走ったキーワードからシリアスな過去を予感させるようなものまで色々あった。

けれども、これしかないという自分が心の底から得心できるものになかなか出会えない。

なまじ時間を掛けてしまったばっかりに、どんどん自分の中でハードルが上がっていくのだ。

そもそも自分の中で答えがないものなのに、妥協をしないという姿勢自体が間違っていたのかもしれない。

やるならせめて、あの掲示板の『破壊』を求める聖女のように明確なゴールを定めておくべきだった。

ずっとやっていると、そんな風な後悔が脳裏をよぎり出す。

どうせ詳細不明の謎要素だし、いい加減適当なやつでもいいか。なんて、そう思い始めてからかなり経っている。

どうしても決めきれないのだ。

そうやって、優柔不断に死んだ目で再ロールを繰り返し続け——

『お前自身』。

このキーワードが現れた。

二字熟語というそれまでのルールを無視したこの言葉を目にしたとき、俺はなぜだかぞわりと悪寒が走った。

現実世界との差異があるから正確な時間はわからないが、相当な時間再ロールを繰り返していたから、膨大な試行回数を重ねてレアなやつを引いたのかもしれない。

……これにしよう。そう思った。

この言葉がどういう意味を持つのかはわからないが、今さら他で満足できる気もしない。

俺は、迷いなく最終決定の操作を行った。

俺が先ほど作成した、主の無い空虚な鎧の胸元へ『お前自身』という文字列が吸い込まれていく。

すると、茫然と立ち尽くすだけだった鎧が、初めて目覚めたように動き出す。

首を下に向け、自分の手を興味深げに眺める。その次は足を上げてみたり、きょろきょろと辺りを見回したり。

明らかな覚醒を迎えた甲冑とは対照的に、俺の意識はだんだんと遠のいていく。

キャラクリエイトが終わったんだ。

これで、ゲームが始まるのだろう。

『Dead Man's Online』が始まる。

第三章◆帽子がトラウマになりそう

……始まったか？　ゲーム。

視界が真っ暗なままだ。参ったな、初期不良掴まされたかもしれん。

そう思い、ゲーム終了（しゅうりょう）のため身体の感覚を探（さぐ）ろうと身じろぎした途端（とたん）、正面の暗闇（くらやみ）がゆっくりと奥（おく）へ倒（たお）れていく。

徐々に光が差し込んでくる。最後には、ドスン！　という豪快（ごうかい）な音と共に完全に視界が開けた。

……どうやら俺は、立てた石棺（せっかん）の中にいたようだ。これがこの世界に新たなキャラが生まれ落ちるときの演出らしい。

視界が真っ白に染まる。突然の光に目が慣れていないからだ。

明順応とか言うんだっけ？　まあ、よくある演出だ。

明滅（めいめつ）する視界に慌（あわ）てることなく、ゆっくりと石棺から身を乗り出す。

ようやっと目が光に慣れたとき——外は空の見えない広場だった。

床は暗緑色の石で、水に濡れて苔むしていた。どうやら俺は、石材で造られた建築物の中にいるようだ。

「ここが、初期スポーンのエリア……」

きょろきょろと辺りを見回しながら、なんとなく円形広場の中央まで歩いてみる。

特に目を引くのは壁面。俺が入っていたのと同じ石棺が、上から下まで所狭しと羅列されている。

どれもこれもサイズがちぐはぐだ。小さすぎる石棺もあれば、馬鹿げたスケールの石棺もある。

きっとクリエイトしたキャラとフィットするサイズの石棺からゲームが始まるのだろう。

どこからともなくぴちょん、ぴちょんと断続的に水の滴る音がしていた。

そこら中が水気を帯びているんだ。というかそもそも、こんな水浸しの遺跡なんてありえない。

一度水没させて、そのあと水が一斉に引いたりでもしないとこんな空間は生まれない。

これはダークファンタジーを謳ったこのゲームの中でしかありえない幻想的な風景の一つ。

異質な空気感。閉塞的な雰囲気。僅かに香る湿った石の匂いが足元から立ち昇り、鼻腔をくすぐる。

これが、ゲームの世界。

そうだ。これが。

これがＶＲＲＰＧの醍醐味なんだ。

ありえない世界。ありえない建築物。ありえないシチュエーション。それを現実と見境がつかないレベルで体感できる。

技術の進歩は目覚ましい。科学には世界遺産にだってありえないような空想の世界を現実に変える力がある。

そして、この『Dead Man's Online』は――きっとその世界を冒険できる。

――かつん。石畳を叩く音がした。

初めて響いた、水以外の音。

感傷に浸っていた意識を咄嗟に呼び戻し、慌てて音のした方を見る。

そこには人影があった。

（突然現れたぞ。なんだこいつ……？）

そいつは丈の長いコートに身を包んでいた。

一番の特徴は頭に被った帽子。つばが肩幅よりも広い巨大なトップハットを被っていた。

顔は首から口元まで布のマスクで覆い隠されており、表情を窺い知ることもできない。

ゲーム開始直後だし、チュートリアルを教えてくれるＮＰＣとかだろうか。

楽観的な考えのまま、気さくに声の一つでも掛けようと一歩歩み寄った瞬間。

「――そうか。お前が」

聴こえたのは怜悧な女の声。

しわくちゃにヨレた帽子とマスクのスキマから僅かに覗く、黄金の眼光。

「見せてもらおう、お前の持つ力」

月のような瞳は、剣呑な光を帯びていた。

（――敵か！）

帽子女が羽織っていた分厚いケープをはためかせ、右手を真横に突き出す。

姿を現したのはカーブを描く大刃の曲刀。花緑青の刀身が流麗に煌めいている。

（明らかに試し斬りの雑魚って風情じゃねえ！　クソ強そうだぞ、死にイベか⁉）

少なくとも量産型のモブ敵ではない。

慌てて身構えたとき、初めて自分が右手に盾、左手に剣を装備していることに気づいた。

盾は錆びついた薄い鉄板、剣だって刃こぼれしたナマクラだ。

詳しい性能はわからんが、どうみても残念だ。期待はできないだろう。

どこまで頼りにしていい？　くそ、先にもっと細かい装備チェックしときゃ良かった！

「御託を並べるつもりは無い。好きなだけ抗え」

後悔先に立たず、トップハットの女が地を這うほどの低い姿勢で駆け出す。

馬鹿でかい帽子のせいで手足の挙動が見えない。

敵に先手を譲る形になるが、裂くことに特化した曲刀ならこの薄い盾でも防ぎきれるはず。

そう考え、腰を低く構えて利き手の盾を備えた。

目前に迫る帽子女。かなりの速さだ、どのみち先手は取れなかっただろう。盾があって助かった。

利き手に剣を持ち替えるか迷ったが、これは右手に盾で正解だったたな。

だが、潜り込むように間合いを詰めた帽子女が突如として身を翻す。軸足を入れ替えるのが見えた。

（ツこいつ！）

狙いに気づくも反応が間に合わない。

盾目掛けて足が槍のように突き出される。

助走をつけて放たれた蹴撃だ。予期していたより遥かに強烈な衝撃を俺は堪えきれず、持っていた盾は後方へふっ飛ばされた。

ヤバイ。

曲刀が振り下ろされる前に咄嗟に懐に潜り込み、タックルで押し返す。

こちとらへヴィな全身金属製だオラぁ！

全身の体重を乗せた突進で強引に突き飛ばし、すぐさま剣を斬り払い、斬り下ろし、突き出す。

だが、俺の拙い連撃を帽子女は余裕綽々にゆらゆら体を倒して躱していく。

くそ、カスりもしねえ。体の使い方が上手い。煙でも斬ってるみてえだ。

最後の突きを帽子女が倒れ込んで避けた拍子にぎゅるりと体を捻りこむのが見えた。

何も考えず咄嗟に飛びのく。

刹那、天を引っ掻くような信じられない角度の蹴りが俺の兜の顎を掠めた。

直後にずい、と突き出される翡翠の曲刀。死に物狂いで横合いから殴って叩き返す。

お互いダメージはない。仕切り直しだ。

ただ、こっちは盾を失って一気に不利になった。

「……目が良い。それとも勘が良いのか？」

何か喋っているが、正直攻撃を凌ぐのに必死で聞いている余裕がない。

実力の格差が激しすぎる。ギリギリ勝負になっているように見えるが、多分向こうの手加減込みだ。

「どちらにせよ、想像以上」

ゲーム開始直後の初戦闘がまさかこんな一方的なものになるとは予想していなかった。ちっとも褒められている気がしない。もっとまともな世辞はないのか？

（こんなん初心者狩りだぜ？　やっぱ負けイベントだろ……）

盾を持っていた右手は未だにびりびりと痺れている。没入型ＶＲゲームにおいて痛覚はカットされているが、衝撃と麻痺によって部分的に再現されている。

脳内麻薬が出て痛覚を感じない状態に近いだろう。

だが、この緊張感は本物だ。

人間、誰しも人生の中で成功体験というものを培って生きているはずだ。

どれほどの苦労をしてどんな風に足掻いて、望む結果を手にしてきたのか。

そういうのを積み重ねて自信というのを作っていくのが人間だと思う。

俺の自信は、ゲームから来ている。

強くて勝てなかったボスに、何度も何度も挑んで、負けてまた負けて、それでも勝ったという体験。

武器を変え作戦を変え、あらゆる戦法と戦術を試行錯誤して強敵に挑んできた。

やがてボスを倒したとき、勝てたのは強くなったキャラクターのおかげ？

違う。強くなったのはプレイヤーである俺自身だった。

強敵に挑み、負け、戦い続けて勝ったとき。

ずっとボコボコにされていたはずなのに、撃破したとき、俺はノーダメージで勝利していた。

最初から最後までずっと同じ条件で、限られた手札しか持っていないまま、カードを増やすことなく自分自身の成長でもって強敵を打破してきた。

俺はそういうゲーマーだった。

ぶち当たった不条理を、どう受け止める？

まだ勝てない敵、足りないステータス、不十分な武器。

操作も拙いしゲームの仕様の理解も浅い。

それでも〝挑む〟のがゲーマーだ。

少なくとも俺は、歴代のトカマク社のゲームからその心意気を学んだね。

この会社のゲームは『まだ勝てない敵』ってもんを絶対に用意しない。

宗教にゃ疎いが、神様ってのは超えられない壁を用意しないそうじゃないか。

人生の歩み方っていうのかな、そういう困難に立ち向かう意志というものを聖書から学ぶ人がいる。

一方で、俺みたいに単なる娯楽にすぎないはずのゲームからその覚悟を学ぶやつもいるんだ。

明らかな格上。万に一つも勝ち目はない？

そんなはずはない。

全部承知の上で、全霊を懸けて挑む。

戦術と工夫と根性があれば必ず届く。

俺にはその自信がある。やってやれないなんて悲観で戦ってない。

どこまでいけるかなんて、生半可な覚悟でやっちゃいない。

俺は初見で勝ちに行く。

「……嬉しいよ。私は」

金の月の瞳が再び俺を射貫く。言ってる意味も何を考えてるかもさっぱりわからんが、少なくとも最初に感じた敵意に翳りはない。

一定時間生き残ったら敵対解除とかも期待したが、そんな甘い話はなさそうだ。

たとえ負けイベだろうと俺は全力で抗うぞ。ごっそりと爪痕を残さにゃ気が済まん。

「久しくなかった感覚だ。上出来だよ、お前」

また帽子女が動き出す。

右へ左へ、ジグザグと攪乱するようなストロークの大きい高速ステップ。

手にあるのはボロっちい剣一本。さて、どこまで通用するかね。

向こうの方が移動性能が高い。俺はまた迎え撃つ形になるだろう。

大きな右へのステップ。隠し持っていたナイフの投擲と同時に飛び込んできた。

ナイフは空いた鎧の右腕で弾く。硬い鎧の体が頼もしい。

飛び出したのは首を刈るようなハイキック。膝を落として躱す。続く曲刀の回転斬りの軌道を何とかボロの片手剣で逸らす。

火花を散らして曲刀を受けた俺の剣は、次の瞬間バターのようにスライスされた。

(剣が弱ぇ！　向こうが強すぎるだけか⁉)

盾に続いて剣まで持っていかれた。いや、普通に剣でガードしたら貫通していたんだ、ポジティブに捉えよう。

(とにかく蹴りは勘弁！)

全身を独楽のように回転させながらの蹴りと斬撃がこいつの土俵らしい。

だからとにかく蹴りの勢いを活かせないようにと、自分から間合いを詰める。

折れた刀身は使いにくい。だから裏拳のように振り抜いて柄の尻を叩きつけに行く。

が、それより速く帽子女が足をコンパクトに畳んで軌道を変化させた。

回し蹴りは真上から叩き落とすような縦蹴りに化ける。

（やられた！）

防げない。俺の首元に足が叩きつけられ、プレートアーマーが大きくひしゃげる。

まるで自分の体に稲妻が落ちたかのような衝撃。自動車事故みてーな音したぞオイ！

リビングアーマーは防具の耐久がそのままライフポイントだ。

満タンだったライフから8割ほどごっそりと削られる。

おかしいな、ゲーム開始時点で防御力が高いのも公式のおすすめポイントの一つだったのに。

トカマク社さん、話が違うっすよ？？？

いかん、ふざけてる場合じゃない。

怯んでたたらを踏んでいるうちに次の攻撃が来る。

「選ばれたのがお前で良かった」

だが俺の視界は既に巨大なトップハットで埋め尽くされていた。攻撃の予備動作が見えない。

繰り出されたのは、全身を空中に投げ出した浴びせ蹴り。

俺に見えたのは0になったライフバーと、バラバラに飛び散っていく鎧の体。
（オワタ）
ああ、リビングアーマーの死亡演出ってそんな感じなのね……。

……と、思いきや中々画面が暗転しない。どういうことだ？

俺の視点は地べたを這っている。

ああ、じゃああれだ。やっぱりこれ負けイベントで、イベントシーンが始まったんだな。

俺の予想通り、死角から足音が近づいてくる。状況的に帽子女のもので間違いない。

コツコツとブーツが石畳を叩く音が大きくなっていき、やがて俺の真後ろで止まった。

「私の名前はレシー。次に会えたら、君の名を聞かせてくれ」

あ。トドメ刺された。

第四章◆こんなデスペナルティはいやだ

目が覚めたとき、俺は大きな滝のある沢のほとりにいた。

傍らには木でできた十字架の墓標がある。割り箸で作ったみたいな粗末なディテールだ。

たぶんこれがリスポーン地点を示すオブジェクトなんだろう。

辺りは六角形の石柱を寄せ集めたような造形の岩壁に囲まれており、崖の上には木々が見える。

頭上はゲームを起動して以来初めての蒼天だった。

さっきまでいたのが閉塞感のある遺跡内だっただけに、一層と爽快感を感じるロケーションだ。

にしても、リスポーン地点はあの水に濡れた石棺の円形広間ではないらしい。

思い返せば、あの場には外につながる道なども見当たらなかったしな。

ひとつ気がかりなのは、あの帽子女との勝敗。

俺は結局一撃も有効打を与えられなかったから勝機はさっぱりだが、ゲームが超絶得意

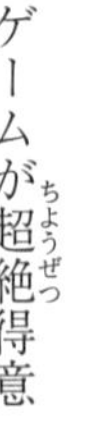

な人なら勝てたのだろうか。

ゲームからログアウトしたときにでも掲示板で聞いてみよう。案外勝利した猛者とかいるかもしれない。

もう俺は再チャレンジできないっぽいから諦めるしかないが、ちょっと気になる。

まあ、あの帽子女とは今後リベンジする機会があるだろう。最後にそれっぽいこと言い残していたし。

そんなことより、今俺はもっとヤバイことに気が付いてしまった。

ライフポイントだ。リスポーン直後なのに、１割も残っていない。

ただ、心当たりはある。それを確かめるため、川の岸まで近づいて恐る恐る水面に自分の姿を映してみた。

「マ、マジか……」

こういうとき、合っていてほしくない予想ほどよく当たるものだ。

目に入ったのは斜めにぱっくりと破断した兜。胴の鎧も無残なまでにひしゃげたまま。

「鎧ってデスポーンで直んないんだ……」

身に覚えのない兜の方の傷は、トドメを刺すときにやられたんだろう。

防具の状態がライフポイントに直結するリビングアーマーは、一度敗北を喫するとこういう目に遭うらしい。

え？　トカマク社さんなんでこんなデスペナルティのあるクソ種族を初心者におすすめしたんですか？

もちろん片手剣は折れたまま。ステータスを確認すれば、攻撃力『2』という憎たらしい値が表示された。

初期装備だった盾は当然のようにどこにも無い。当然だが、あの戦いでロストした判定になったようだ。

思わず『詰み』の二文字が頭に浮かぶが、慌てて振り払う。

早まるな。逆に考えろ。代わりの装備があればいいんだ、そしたら体力だって全快する。

帽子女との戦闘で自分の体の勝手はなんとなく掴めた。

リビングアーマーという種族は、言わば防具にだけ触れられる透明人間。手甲越しでないと剣も持てない。

ゲーム的にどういう処理されてるかわからんが、身に着ける防具を一新すればＨＰも回復すると思う。

ていうかこれ一応オンラインゲームのはずなんだけど全然他のプレイヤーが見当たらない。

最初の街に行ったら人がいるかな？　で、その最初の街ってどこよ。装備の新調（ＨＰ回復）もそこでしたいんだけど。

だめだ、全然情報がねえ。とにかくそこら辺ほっつき歩いて探索するしかなさそうだ。

とはいえ周囲は切り立った崖ばかり。よじ登ってみようかとも考えたが、足元にはどこもかしこも丸みを帯びた岩がごろついている。

しくじって落下したら受け身どころではなく、あっさりもう一回死ぬだろう。

そしたら次はもっとＨＰが低下した状態でのスタートになるはず。さすがにそれは避けたいので、崖登りは無しの方向で考える。

鎧の身で滝登りなんてもってのほか。だから必然的にこの川沿いに谷底を下っていくしかないわけだが、その前に。

「滝裏チェック!!」

飛び石を渡って滝の裏を覗き込みに行く。

こういうところには大概なにか隠されているもんだ。

「――ビンゴ」

大当たり。滝の裏には洞穴が続いていた。

躊躇うことなく、意気揚々と洞穴を突き進む。光源はないものの、多少薄暗い程度で視界不良にはならない。

たぶんゲーム的に遊びやすいように配慮してあるんだろう。それかリビングアーマーという種族に暗視能力が備わっているか。

現段階だと判別がつかないが、この辺は後々誰かとパーティを組んだら明らかになるだろうな。

さて、滝裏には軽い窪みがあって宝箱があるくらいを予想してたんだが、洞穴は想像以上に深い。

こんな状況になって初めて自覚したのだが、この鎧の体は一歩歩くごとにカチャカチャと音が鳴ってしまう。

死ぬほど隠密行動に向いていない種族だった。

仕方がないので身を潜めるような真似は初めからしない。

なにか怪物チックなのが飛び出して来たら、即反転して猛ダッシュして逃げるつもりだ。

そんな心構えで蛇のようにうねる洞穴の奥へと進んでいくと、背後で反響する滝の音とは違う別の音が聴こえてきた。

立ち止まり、耳を澄ませて音の正体を探る。

（金属音だ）

キン、キン、キン。音は等間隔で規則正しく鳴っている。

意を決して更に踏み込めば、洞窟の奥の曲がり角から橙色の光が漏れているのが見えた。

何者かが火を使っている。

炎の生み出す熱気がこちら側まで伝わってきていた。

「誰かいるのか？」

返事はない。

俺はじれったくなって、今までの慎重さが嘘のようにずんずんと奥へ進み、その目で音の正体を確かめにいった。

金属音は止まない。

（……これは予想外）

果たして、曲がり角の先は作業場になっていた。

暖色の光を放つ炉、水を張った木桶、几帳面に並べられた黒鉄の工具。

鍛冶のための工房がそこにはあった。

その中央では鍛冶師が赤熱した鉄棒にハンマーを一心不乱に振り下ろしている。

鍛冶師は作業場に身を晒した俺を一瞥することさえしなかったが、逆に俺はその姿を見て息を呑んだ。

なぜなら、そいつの顔が常人とかけ離れていたからだ。

人ならざる青ざめた肌、赤い鉄を映したたった一つの巨大な瞳、結んだバンダナから飛び出る真白い髪。

飛び散る火花から身を守るために作務衣のようなズボンと厚手の前掛けをしているが、上半身はその下にサラシを巻いたのみ。

大変女性的で豊かな胸が側面から露出しており、青い肌の表面には熱気故か汗の粒が浮かんでいる。極めて刺激的な外観となっていた。

スレ民に知れているのなら、スクショ祭り待ったなしだろうな、こりゃ。

鉄の音は滝の音に掻き消されて聞こえなかったし、実質ノーヒント。

さっそく隠し要素に遭遇できたらしい。

この段階で鍛冶師と出会えたのはかなりの幸運だ。

武器や盾、鎧を新調できるチャンスだ。馬鹿正直に川を下っていたら、折れた剣で探索するしかなかった。

「いきなりで悪いが、頼みが――」

「話しかけないで。仕事の邪魔」

ちょっと待って。

え？　コミュニケーションむずくね？

ＶＲゲームのＮＰＣが現実の人間と遜色のないレベルで人格を再現できる域までＡＩが発展したのはもはや常識。

でも耳当たりの良い柔らかな女声でこんな冷たくあしらわれると普通に傷つく。

取り付く島もなく一蹴されてしまったが、生憎と俺はここで引き下がるわけにはいかない。

かといって強引に会話を続けようとしたらきっと友好度が地に落ちる。適切な距離感を探らねば。

「いつ終わる？」

「日没と同時」

よし、待とう。

第五章 ◆ 気難しいＮＰＣ

鍛冶は本当に日没と同時に終わった。

それまでの時間何をしていたかというと、壁に背中を預けてじっと鍛冶の見学だ。

俺の鎧ボディは動くと物音が酷（ひど）い。だから身じろぎ一つせず、インテリアのように過ごさせていただいた。

鉄塊（てっかい）が一つの刀剣（とうけん）に生まれ変わっていく様を眺めるのは結構楽しくて、案外退屈（たいくつ）しなかった。

「それで？」

一つ目がじっとりとした視線で俺を睨（にら）みつける。

瞳は薄桃色（うすももいろ）と群青色（ぐんじょういろ）が混ざり合った、日没の東の空のような不思議な色をしていた。

無口、無表情、無感情、ついでに声のトーンまで無抑揚。無い無い四拍子の使い手だ。

やたらとエモーショナルな人間性をプッシュしてくるＮＰＣが氾濫（はんらん）した昨今、まさかの真逆からのアプローチ。黎明期（れいめいき）だってこんなに酷くない。

こんな無機的な彼女からは、だからこそ不思議な人間味を感じる。この辺はトカマク社の技術の妙が光る。

俺の希望的観測込みになるが、無愛想な口調と持ち前の無表情でキツく感じるだけで、本当に邪険にされているわけじゃないと思う。

「剣と鎧を修復してほしい」

俺は彼女と話すのに無駄に言葉を飾らず、単刀直入に頼みを言うことを選んだ。

初対面のときから、この一つ目の鍛冶娘からはストイックな職人らしさを感じていたのだ。

だから美辞麗句を重ねておだてるようなことをしても逆効果だと思った。

鍛冶娘の視線が、ゆっくりと俺の手にある折れた片手剣に移っていく。

彼女は物言わず、剣を凝視されたままの時間が続いた。

「できない。その剣は死んでいる」

悲報、俺の初期武器死刑宣告されるの巻。

まあ攻撃力2しかないもんな。

何かひとつ褒めるところがあるとするならば、へし折れた刀身の断面が美しいことくらいだな。完全にあの帽子女の実力ありきだけど。

残念ながら、ここで俺の剣が復活というわけにはいかないようだ。

「あなたは」

「うん？」

「無様に負けた」

「えっ」

グエーッ⁉　なんか急に精神攻撃されたんですけど⁉

くそ、完全に事実だから反論の余地がねえ。余計なことを口走ったら全部クソださい負け惜しみになっちまう。

まあ鎧がこんなにベッコベコにへこんでるんだから、俺が誰かにボロ負けしたことくらい分かるわな。

その上で、切り落とされた刀身から俺が戦った相手との実力差を見抜いたのか。

相手は鍛冶師だ。武器の具合ひとつ見るだけでも、独自の視点から多くの情報を得られるんだろう。

「使って」

「……いいのか？」

差し出されたのは、ついさっき完成したばかりの剣。

鈍い銀色をした片手剣だ。刻印や装飾は一切ないが、いい剣に違いない。だって刀身が半ばで折れてないもん。

「失敗作」

「それでも、ありがたくもらっておこう」

いやガチでありがたい。

たとえ失敗作とて、折れた剣の攻撃力２は超えているだろう。

しかも折れてないからリーチも長い。

こちとら全身デリケートなリビングアーマー。拳で殴って手甲が歪みでもしたら自傷ダメージだからな。

健全な剣がどれほどありがたいことか。

「鎧も頼めるか」

「勝手に置いておけばいい。勝手に直す」

大きな瞳を逸らして、ぶっきらぼうにそう言ってくれた。

ふむ。可愛い。

さてはこいつ天使だな？

「どうしてそこまでしてくれる？」

率直な疑問だ。鍛冶師を見つけたときは喜んだが、実は俺はまだこの世界の通貨を持たない無一文。

替えの剣や修復を頼むにも金銭を持たない以上、どうにか工面して出直す必要があると踏んでいた。

ところが蓋を開けてみれば、なんと好意で対価もなく新品の剣の贈与に加えて鎧の修復まで請け負ってくれるというではないか。

タダより怖いものはない。せめて理由くらいは知りたいものだ。

そう問いを投げかけてみると、彼女は俺を凝視したまましばらく静止し、それからゆっくりと口を開いた。

「……生まれた意味。再誕に至る手段。死の在り処。みんなそれを探している」

おお、初めて世界観に触れる言葉を聞いた。確かに説明書にもそんな感じのことが書いてあった。

確かプレイヤーを含めたこの世界の住人みんながそれを求めているんだっけか。

「あなたもその一人」

「そうだ」

迷わず首肯する。

メタな話になるが、プレイヤーである以上そういうのを探すのが目的だからな。

「私は違う」

いや一蹴するんかい。

「鉄さえ打てれば、それでいい」

まあまあ衝撃発言だぞ。でもそういえば、説明書には死徒は人間のような営みをしていると書いてあった。

この世界の住人も全員が全員、死を求めて活動してるってわけじゃないのか。

中にはこんなストイックな気質のやつもいるんだな。しかも鍛冶という方面で、だ。

リビングアーマーの俺にとって大変ありがたい人物とこんな序盤の内から邂逅できたのは、トカマク社の優しさなのか？

難しいゲームは、だからこそ飴と鞭の加減が絶妙でなくてはならない。

ただしその飴をノーヒントで滝の裏に隠すのはトカマク社ならではだ。

うっかりスルーしてたらどうすんだ、マジで。

ともかく、彼女との縁は大切にしようと思う。

「礼を言う。あんたと出会えて良かった」

「いらない。これしか能がない」

「俺に必要な存在だよ。なあ、名前は」

「エトナ」

「俺はアリマ。今後ともよろしく、エトナ」

「用が済んだら、とっとと出て行って」

鍛冶娘あらため、エトナはぶっきらぼうにそう言い放った。

親しみもクソもない言い草だが、俺が鎧の修復という回復手段を持たない現状では、絶対に当分は世話になる。

良い関係を築けたかはわからんが、敵対せずに済んで一安心といったところか。

装備中の兜と胴鎧（どうよろい）を外して炉の傍らに置く。

今の俺は手甲と具足だけが浮遊（ふゆう）している状態だ。

……この状態も強いんじゃね？　と思ったが、防具を外してから体力の最大値がごっそり減っている。相応のデメリットはあるらしい。

このままの姿で探索をするのは、まだやめておいた方がよさそうだ。

エトナがどれくらいで修理してくれるかわからないし、区切りが良いからこの辺りで一度ログアウトしてしまおうか。

どうせ掲示板（けいじばん）で情報収集もしたいと思っていたところだ。

226：力こそ聖女
結局多腕キャラは使い物になりそうなのか？

227：道半ばの名無し
どうせダメだろ
最近始めた知り合いもキャラデリしてたぞ

228：道半ばの名無し
可能性は感じるんだが

229：道半ばの名無し
結局大して使わないで飾りになるってのが結論だったろ
動かせるからって活用できるわけじゃないし

230：道半ばの名無し
装備できる防具に制限掛かるのが終わってる
人型のメリットないじゃん

231：道半ばの名無し
店売り防具が使えないのに、種族特性で防御高いとかもないし

232：道半ばの名無し
大量に武器なんて持ってても持て余すだろ

233：力こそ聖女
発売前は強ビルド説濃厚だったんだけどなー
実際そんなもんか

234：骨
やっぱりスケルトンが最強って話

235：道半ばの名無し
うわでた

236：道半ばの名無し
誰かこの骨カスつまみ出せ

237：道半ばの名無し
コイツ一生スケルトンの布教しとるやん

238：道半ばの名無し
興味ない

239：骨

スケルトンはいいぞ
刺突攻撃に回避ボーナスが掛かる

240：道半ばの名無し
打撃に特攻もらって粉砕される骨カスとかどうでもいいです

241：道半ばの名無し
脆弱な骨カスに出る幕ないんで

242：道半ばの名無し
骨カスは弱点減らしてから出直してこい

243：力こそ聖女
結局異形型は少数派か
発売初期はけっこう見かけたんだが

244：道半ばの名無し
見るぶんには楽しいけどね

245：道半ばの名無し
自分ではやろうと思わん
大多数が作って満足して放置だよ

246：道半ばの名無し
いても魔物娘タイプだけだろ
連中、けっこう大きい派閥だし

247：道半ばの名無し
異形も過ぎると操作性がしんどくなってくる
ゲームどころじゃなくなるからな

248：道半ばの名無し
経験者は語る

249：道半ばの名無し
将来性はあるかもねー
その道を進むヤツがいるかはさておき

250：アリマ
話の流れ切って申し訳ないんだけど、最初の負けイベって勝てるの？

251：道半ばの名無し
は？

252：道半ばの名無し
初心者か？　負けイベなんてないが

253：道半ばの名無し
大鐘楼の貧相なゾンビの話か？

254：道半ばの名無し
あんなん負ける方がむずいだろ

255：アリマ
いやいや、俺キャラクリ終わってすぐ帽子被った女にぶち殺されたんだが

256：道半ばの名無し
what？

257：道半ばの名無し
だぁれ？

258：道半ばの名無し
初めて聞いた

259：力こそ聖女

>>255
他に特徴は？

260：道半ばの名無し
荒らしと違うんか？

261：アリマ
緑色の剣みたいなの持ってた

262：道半ばの名無し
情報ある？

263：道半ばの名無し
さっぱり

264：力こそ聖女
適当言ってんのかねー
判断しかねる

265：骨
>>261
お前、大鐘楼からゲーム始まってないだろ

266：道半ばの名無し
骨カスは黙ってろよ

267：道半ばの名無し
お前の出る幕ないっつってんだろ

268：道半ばの名無し
きえろ骨カス

269：アリマ
>>265
大鐘楼ってどこにあんの？
行ったことない

270：道半ばの名無し
あれ、マジで当たってる感じ？
やるじゃん骨カス

271：道半ばの名無し
お前らと違っておれは初めから骨カスのこと信用してたよ

272：骨
伏せて言うが、俺のスタート地点も大鐘楼じゃなかった

そういうケースもある

273：道半ばの名無し
流石っすね骨パイセン

274：道半ばの名無し
行ったことないもなにも、ゲームは大鐘楼から始まるんだよな……
その常識を覆(くつがえ)す意見を持ってるなんてさすがっす骨パイセン
じゃあその情報さっさと提供しとけや骨カスがよ

275：力こそ聖女
気になるんだけど、負けイベ君の種族は？

276：道半ばの名無し
スタート地点変わるの都市伝説だと思ってた

277：アリマ
待って、俺これから先負けイベ君って呼ばれんの？

278：道半ばの名無し
そうだよ

279：道半ばの名無し
まあそうなるな

280：アリマ
つらすぎる
種族はリビングアーマー

281：道半ばの名無し
えっ

282：力こそ聖女
またまたw
……マジ？

283：道半ばの名無し
ほんとにリビングアーマーにしたんか？

284：アリマ
え、なんでそんな反応？
公式のおすすめ種族でしょ

285：道半ばの名無し
いやあれジョーク記事だけど

286：道半ばの名無し
エイプリルフールとかも真に受けちゃうタイプ？

287：道半ばの名無し
広報が快適に遊べなくなるから選ばないでって再三アナウンスしてたじゃん

288：道半ばの名無し
え？　じゃあ負けイベ君って負けイベのあとどうなったの？

289：力こそ聖女
ひょっとして

290：アリマ
HPの上限値が1/8くらいしか残ってませんが何か？
初期武器へし折れて盾も紛失しましたけど？？？

291：道半ばの名無し
それ世間では詰みって言うんだよ

292：道半ばの名無し
ゲーム始めたてでしょ？
レアイベ引いたのかもしれないけどさ、悪いこと言わないからキャラ作り直しな？

293：骨
次の種族はスケルトンにするといい
お前もカルシウムになれ

294：アリマ
キャラも消さないし骨にもならねえよ！
俺はまだ詰んでないからな！

295：力こそ聖女
知ってる？　リビングアーマーは回復魔法も回復アイテムも無効だよ

296：道半ばの名無し
初日の悪ふざけ組と、あとお前と同じ勘違い勢からの報告で判明してるんですわ

297：道半ばの名無し
ゲーム進行不可になってみんなデータ削除したけどな

298：道半ばの名無し
そら広報担当が念入りにやめとけってプッシュしますわな

299：道半ばの名無し
あの〝弱い種族をあたかも強そうに紹介〟というネタ記事を真に受けるやつがいるなんて……

300：道半ばの名無し
ちょっとスベってたしな、アレ

301：アリマ
いや俺は諦めない
行ける所まで行くからな

302：骨
詰んだら相談しろよ
オススメのスケルトンビルド紹介してやるから

303：道半ばの名無し
攻略wiki、スケルトンの項目だけ妙に内容充実しててキモいんだよな……

第七章◆エルフ達の懸念

「おお来てくれたかシャルロッテや、もう呼びかけには応じてくれぬやもと思っておったが」

「別に。私がこの村に不満を抱いてるわけじゃないから」

「……率直に言って、装いを改めてから来てくれたことに驚いているぞ」

「リリアは私を何だと思っているの？　私、良識まで捨てた覚えはないんだけど」

　くり抜かれた巨大な大樹のうろ。

　その内部にて、二人の女性のエルフと一本の小さな人面樹の若木が顔を突き合わせていた。

　彼女達には頭上にプレイヤーネームが浮かんでいない。すなわちそれは、彼女たちがゲームにおけるNPCであることの証左であった。

　リリアというエルフは、もう一人が魔術師らしい仕立てのいいコートを纏って訪れたことに少なからず驚いているようだが、シャルロッテと呼ばれた理知的な雰囲気のあるエルフは、そういった扱いにも慣れているのか、偏見を軽く流して話を進めだした。

「で、今日は何の用で呼びつけたのかしら。わざわざ私に声を掛けるってことは、滅多な用事ではないんでしょうけど」

「前に話した件は、覚えておるかの」

「……沼の方面に発生した異状のことかしら」

「いかにも。その危害がこの森にも及びつつある」

そう話す長老の表情は、不安と懸念に揺れていた。

「そう。森から出られなくなったのなんのみたいな騒ぎが聴こえてきたこともあったけど、そういう事情だったのね」

「まさしく、混乱を承知で儂が森からエルフが出られないよう取り計らった」

「ならもうリリアを調査に向かわせた後なのでしょう？　どうだったのよ」

シャルロッテに視線を向けられたリリアは、首を横に振った。

「毒だ。遠目に見て分かる程に。迂闊に近寄ることさえできん」

「そんなに。厄介そうね」

「正体不明の毒霧が沼から広がっている。効果は不明だが姿を消した虫や腐れ落ちた樹木を見るに、吸入して無事で済むものではあるまい」

「リリアの言う通り。そして霧はやがてこの森をも呑み込むじゃろう」

「それで私を呼んだわけね」

エルフの集落へと近づく、正体不明の濃霧。

他の生命を排斥し樹々を腐らせる凶悪な毒性のそれが、徐々に広がっている。

これに対する打開策を期待されている。そこまでシャルロッテは理解したうえで。


「無理ね。私じゃ解決できないわ」

「ダメかのう」

「私一人が助かる手立てならいくらでも思いつくけどね。この村を守るとなると不可能だわ」

「シャルロッテで無理ならもう解決できるエルフはいない。この村は終わりなのか？」

「原因を叩けばいいじゃない」

悲壮な面持ちの二人に、シャルロッテはあっけからんと言った。

「原因だと？」

「そ、原因。急に霧が出てきたんだから何かしらの原因があるんでしょ。それを根絶したらいいじゃない」

「何か心当たりがあるのかの」

「ないわよ？　情報が少なすぎて推測のしようもないし、第一私はそういうの専門じゃないからお手上げだわ。だから直接見に行って叩きに行くのが確実じゃないかしら」

　シャルロッテの竹を割ったような発言に、長老とリリアは困ったように顔を見合わせた。

　確かに彼女の言う通りでもあるが、それを実現するには多くの障害がある。

「霧の毒性が怖くて外に出て調査も満足にできないのが現状だ。原因を叩くどころではないぞ」

「ガスマスクを作りましょう。数は用意できないけど、探索程度の時間は維持できるのを作れるわ」

「なら、私一人で調査を……！」

「リリア。リスクが大きすぎる。儂は賛同できん」

「なら、他に戦力となるエルフの同行を許可を！」

「私はパスよ？　生産職が荒事に首突っ込んだって邪魔でしょうし」

「どちらにせよ、他のエルフの同行は容認できん。よしんば儂が許したとて、この森の木々がそれを拒むじゃろう」

　エルフたちの住む森では、テリトリーである森林から強力な恩恵が得られるとされている。だがその一方で恩恵を受けている限り、森林から科せられるペナルティのようなものも享受しなくてはならない。

　今まさにリリアを除いて森からエルフが出られないとされている現状も、その一種であった。とはいえ、このまま森の中で暮らし続けていれば、いつか必ず濃霧によって蝕まれていくのも確実。

　リリアが歯噛みするのも当然だった。

「では、一体どうすれば……！」

「うーん。なら外で人を探して手伝ってもらえばいいんじゃない？」

「ふむ？　どういうことかの」

「だから、森の外で誰か捕まえて一緒に行けばいいんじゃないかしら。毒の効かない体質の人くらい、その辺ほっつき歩いてないかなって」

「どうかのう。そう都合よくいくとは思えんが……」

　ちょっとした思いつきを語るシャルロッテであったが、二人の反応は芳しくない。

　しかしエルフそのものが外部との交流が希薄なことに加え、森の傍は毒霧が充満しつつあるような状況。

　他の人がいるとは考えにくい状況であることを鑑みれば、二人の反応はむしろ当然といえた。

　そんななか、更にシャルロッテが名案を思い付いたようにぽんと手を打った。

「あ、じゃあ湿地の方まで行ってみたらいいじゃない！　向こうの方は大鐘楼に通じる地下水道があるんでしょ？　誰か出てくるかもしれないわよ」

第八章◆装備修理

情報収集もそこそこに再ログインしてみると、無残に歪んでいた俺の鎧は新品同然に修復されていた。

「造作もない」

「すげ、完全に元通りだ」

エトナはとっくに作業を終えており、金槌を置いて今度は大きな刃を砥石で研いでいた。

形状から見て斧の頭の部分だろう。

鉄を叩いていた時と異なりバンダナは解いてある。白い髪が露わになっていた。

ゲームとリアルでは経過時間が違う。ゲーム側の方が密度が濃い。

この仕様を上手く利用できたみたいで、防具の修復を待たずにすぐゲームを再開できた。

とはいえ、どれくらい時間が掛かるのかはそのうち調査しておきたいな。

リビングアーマーという種族の都合上、かなり重要度の高い情報だ。

しかし、今はそれよりも直してもらった防具の具合が気になる。

「まるで時間が巻き戻ったみたいだな」

鎧と兜を装備しながら調子を確かめていたが、修理は完璧だった。

「当然。まだ生きていたから」

「武具に生き死にってあるのか？」

「ある」

そういえば初めに俺の折れた剣を見たとき、エトナは俺の剣に死亡宣告をしていたっけ。

でもぱっくりと亀裂が入った兜は大丈夫だったんだよな。判断基準がさっぱりわからん。

「死んだ武具は役目を果たせない」

「役目ってなんだ」

「多岐に渡る。剣であれば、攻める力」

エトナはこちらを見向きもせず、斧の刃先の研ぎ具合を確かめながらそう言った。

思い返せば、折れた剣の攻撃力が2まで激減したのがそれに当たるのか。

じゃあ防具が死んだら防御力を貫通してＨＰが減るとかになりそうだな。

まあリビングアーマーは常時鎧で防御してもＨＰが減るんですけどね！

「私の打った武具は」

エトナは俯いて刃を指で撫でながら、小さな声でつぶやいた。

「初めから死んでいる」

それは、諦観を抱えた声だった。

思い当たり、貰った剣のステータスをチェックしてみる。

攻撃力は2——ではなかった。予想が外れたな、20もある。

俺の予想じゃ死んだ武器は全部攻撃力2になると思ってたんだが。

この値は試し切りもまだなので高いか低いかはわからない。

でも、死んでる割には高くないか？

「正確に言えば、生きてすらいない」

「詳しく聞かせてくれ」

「命ある武器からは、力を汲み取って自らの身に降ろすことができる。それができない」

ふむ。要するにメタく言い換えると武器自体にスキルがセットしてあるってことだな。

そんでエトナからもらえる武器にそのスキルは備わってないと。

まあゲーム開始してすぐ会える鍛冶屋なわけだし、それくらい妥当じゃないか？

「命なき刀剣は、既にそれだけでよい武器たりえない」

それを言うエトナの表情は、心なしか悲しげだ。

鍛冶一筋な彼女からしてみれば、打った武器に命を吹き込めないという事実はかなり重くのしかかってるんだろう。

命のある武器を打つというのが、この世界における鍛冶師としての到達点なのかもしれない。

俺の方で何かアクションしたら現状を変えられるのだろうか。

このゲームなら、その可能性は高い。

「命ある武器を打てないのに、何か理由があるのか」

「わからない」

「特別な素材が必要な可能性は？」

「ゼロではない。でもありふれた剣から力を汲み取れることもある」

ふむ。さっぱりわからん。現時点じゃどうしようもなさそうだな。

聞いてる分にはレアドロップとかボス武器限定の機能っぽいが。

このあたりは焦らなくてもゲームを進めていくうちに必然的に遭遇する要素な気がするな。

「命ある武器とやらが手に入ったら持って来よう。何かわかるかもしれない」

「……」

それを聞いたエトナの目は懐疑的だった。

お前に何のメリットが？　とでも言いたげだ。

「礼だよ。これからも世話になるつもりなんだ、これくらいはする」

「……そう」

彼女の為になることなら何でもやっておきたいというのが本音だ。

だって彼女、俺の命綱だもん。

エトナに鎧を直してもらえなくなったら本当に終わりだぞ。

ゲーム開始まもないが、確信を持ってそう言える。

「……でも、私は、鍛冶しか知らない」

「ん？」

とかなんとか思っていたら、珍しくエトナがこちらを見ながらしずしずと喋り始めた。

エトナの方から声を掛けてくれるとは、これまた珍しい。

というかこれが初めてじゃないか？

「できるのは、ここで金槌を振るうことだけ」

「ああ。かなり助けられている」

金槌を振るうだけなんて言ってるが、エトナは防具を修理してくれて、失敗作の武器までくれる。

こんなにありがたい話はない。

文句なんて言ったらバチが当たるね。

これ以上望むもんなんてないだろう。

「……。私は、いま以上の仕事はできない」

「ふむ」

「貴方は戦人。やがて……貴方の役に立てなくなる」

安定の口数の少なさだが、要するにエトナは今後も現状の失敗作続きの鍛冶練習と防具修理しかできないということか？

近い将来より腕の立つ他の鍛冶師と懇ろになるのだから、わざわざエトナを鍛冶師として頼るのも今のうちだけ。

どうせ未熟な鍛冶師なんてやがて切り捨てる存在なのだから、律儀に礼として俺がエトナの力となれるよう努力なんてする必要もないと。

「そうは思わん」

今後より強い鎧やスペアの防具を入手したとしてもエトナとの付き合いはずっと続くはずだ。

他の種族ならいざ知らず、リビングアーマーで防具の使い捨てなんてもってのほか。

こんな序盤に鍛冶師がいる以上、他の鍛冶師にまたすぐ会えるとも思えない。

プレイヤーの中にも鍛冶職はいるのかもだが、俺の交友関係じゃ候補にできないし。

というかもうアレだ、馴染みの美容院や理髪店でしか髪を切りたくないというマインドに近い。

最初に武器と鎧を預けたのがエトナだったから、これから先もエトナがいい。

俺は割とこういう気持ちの問題を重視するほうなので、将来上位互換の鍛冶師と出会うようなことがあっても鍛冶仕事はエトナに頼みに行くと思う。

たとえ非効率でも、自分の納得のために必要なことだ。

「もう行くぜ。俺は街を目指す」

自分から言い出しておいてなんだが、照れ臭さでいたたまれなくなったので俺はこの場を後にすることにした。

「また来る」

背中にエトナの視線をひしひしと感じるが、気づかないフリだ。

別に振り向いたところでこれ以上言いたいことなんてないしな。

去り際の戦士が鍛冶師に掛ける言葉なんて『また来る』だけで十分だろ。

うねる洞窟を抜けてまた滝のある沢まで戻る。ここから行く道は、川に沿って下るだけ。

盾は失ったが、鎧は元に戻り、新たな剣も手に入った。

ゲーム開始直後からひどい目にあったが、やっとまともな冒険(ぼうけん)ができそうだ。

第九章◆川の流れ

川沿いに谷底を進んでいると、ふと前方からこちらに向かってくる何かが見えた。

その正体は、地面をゴロゴロと転がりながら猛進してくるサイコロのような角ばった頭蓋骨。

時おり地面に引っかかってバウンドするゴキゲンっぷりだ。

「試し切りの時間だな」

あからさまに敵。しかも帽子女のあとだからかなりスローに見える。

回転しながら突進するのになんで立方体をチョイスしたんだこのガイコツは。

砂利を散らしながらの突撃に合わせて剣を突き出す。

「いっちょ上がり」

頭蓋骨の串刺しの完成。一撃だ。

いやでも、序盤だしこんなもんか。

あの帽子女がイレギュラーだっただけかと思いながら、剣で刺したガイコツを眺める。

倒したのに消えねえ。

こういうゲームじゃ普通、やられた敵はポリゴンのように散っていくもんじゃないのか。

——なんて思っていたら、頭蓋骨がカタカタと震えだす。

内部から眩い光が漏れていた。

「っ自爆——!?」

慌てて剣を振りぬき、突き刺した頭蓋骨を吹っ飛ばそうとするも間に合わず、頭蓋骨が独りでに爆砕。

鋭い骨片が飛散し、ろくに身も守ることもできずに直撃してしまう。

「……大したダメージではない、か」

HPの減少はほとんどなかった。

装備している鎧の防御力の高さが幸いしたようだ。

これがリビングアーマーじゃなくて鎧を装備している人ならノーダメージで済んだんだろうな……なんて思うと哀愁が漂うので、もう考えない。

とにかくフルプレートアーマーの面目躍如だ。

まさかいきなり自爆型の敵が出てくるとは思っていなかったが、最初の串刺しは対処として悪くないはず。

次はもっとうまくやれる。

決意を新たに変なバッドステータスをもらってないかチェックをしていると、また奥の方からゴロゴロと転がる音が聴こえてきた。

新手だな。自爆するとわかっていれば怖くない。同じように串刺しにして経験値の肥やしにしてやろう。

「って多すぎやしねえか⁉」

地面を埋め尽くすような四角い髑髏の大群。

いくら防御力に自信があるたってこの数はどうにもならねえ！

ひょっとしてさっきの自爆に味方を呼ぶような作用もあったのか？

爆発する前に追撃して息の根を止めるのが正しい答えだったかもしれん。

いや初見でそこまで対処できねえよ。

くそ、逃げるべきかとも思ったが、後ろは袋小路。

もしも滝裏の洞窟まで逃げても、万が一この量の自爆ガイコツが追跡してきたらエトナを巻き込むことになる。

そしたら最悪だ。

ＮＰＣだから死なないなんて確証のない願望に賭ける気はない。

だから——川に飛び込む！

こうすりゃ地面を転がって移動する髑髏からは逃げられるはずだ。

どうだ機転を利かせてやったぞと息巻いていると、鎧の隙間から空気が泡となって漏れ出し始めた。

空気に代わり、川の水が鎧の内部へと流れこんでくる。

あれれ？　体が思い通りに動かないぞう？

失敗を悟るも、時すでに遅し。

川の水流によって鎧の体が流され始める。

しかも想定より流れが速い。

とにかく体勢を立て直そうと川底に剣を突き立て、体を引っ張り寄せようとして——剣が折れた。

（ナンデ⁉）

エトナにもらったばっかりの剣があっさりと逝ってしまわれた。

髑髏を剣に差したまま自爆されたのがいけなかったのか。

支えを失い体が激流に流される。

視界がぐるぐると回転し、天も地もわからなくなっていく。

幸い呼吸には困らないが、流されながら体をぶつけるたびにゴリっとライフポイントが削れるのが見える。

なんの抵抗もできないまま、これはもう一回デス入るかな……などと考えていると、急に体が浮遊感を覚えた。

体が水中を脱した感覚。だというのに、この身は依然として急流に流されている。

目を回しながらもなんとか平衡感覚を取り戻し状況を確認。

一瞬だけ映った景色を見て驚愕とともに理解した。

一面の青空。白い雲。空に浮かぶ巨大な大地。

(俺がいたの空島だったのかよ⁉)

そして今、俺はその空島を流れる川を天空に放り出す滝から落ちている。

そういうことらしい。

幻想的な光景を目に、俺は死を受け入れた。

第十章 ♦ 水の行く先での目覚め

「……ここはどこだ」

目が覚めたとき、俺はまた別の場所に居た。

ゲームが始まって間もないってのに大胆なマップ移動が多すぎやしないか？

いやまあ、今回のは自業自得なんだが。考え無しに川に飛び込んだ俺の無鉄砲さが全部悪い。

咄嗟のことだったとはいえ、反省だな。

「目が覚めたかい。ヒヒ、思ったより長かったな」

「うお。……あんた、プレイヤーか」

死角から人の声。振り向いてみれば、そいつは乱雑に積まれた木箱の上に長い手足を放り出してどかりと行儀悪く腰掛けていた。

擦り切れてコートだかローブだかわからなくなったものを纏っており、頭は水色のまんまる風船。

頭上にシルクハットをのせており、顔にはラクガキじみた目と口が描かれている。

全然人じゃなかったわ。しかも頭だけならポップな外見なのにちょっと陰気な男声だった。

ひょろ長いシルエットの上には『ドーリス』というプレイヤーネームが表示されている。

「状況を教えてもらえないか」

「気絶っつう状態異常がある。詳細条件はまだ割れてねえが、数秒から数分の間、意識がゲーム中にスキップされる。普通はその間に死ぬんだが」

「……あんたが助けてくれたのか」

「ヒヒヒッ、そういうこった。けったいな鎧が流されてきたからよ、金になるかと思って釣り上げた」

一分の言い訳もない清々しい言い分だ。

だけどまぁ、こういう人物の方が善人ぶられるよりもよほど信用できそうだな。

「悪いが鎧が本体だ。恩人と言えど流石に譲れない」

「イヒヒ、自分がどんな状態か分かってるか？　そんなガラクタ誰も引き取らねぇよ」

言われて自分の種族特性を思い出し、慌てて鎧の状態を確かめる。

「ひでぇ……」

くしゃくしゃにしたアルミホイルの方がマシなレベル。

川に流されたときにあちこちぶつけたとは思ったが、まさかこんなにまでなるだなんて。

どちらかっていうと巨大な鉄塊でビンタされたみたいな惨状だ。

今の俺のＨＰは１です。ファック。

たぶん壁に投げつけた豆腐をスーパースローカメラで捉えたらこの無残な鎧を再現できる。

どっかでデカい何かにぶつかったのか？　記憶が飛んでるからわからねぇ……。

「それよりもだ。お前、辺りを見てみろ」

言われるがまま、自分のいる場所をぐるりと見回してみる。

俺は巨大な空間の中にいた。

上部は広場になっているが、壁面から巨大な赤錆びたパイプが無数に顔を出しており、俺たちのいる足場のずっと下へ口を開けて大量の水を吐き出している。

下部にはこれまた大きな水車が並んでおり、パイプから滝のように注ぐ水を受け止めていた。

「すごい場所だな」

「だろう？　大鐘楼の街の地下さ。見ての通り水路が広がっていて、ここはその入り口になる」

俺たちがいるのは金属と木材を組み合わせた高台らしい。下を覗き見れば、まるで地底湖のように水が溜まっているのが見えた。

「ここの発見者は俺が一号で、あんたが二号。だから言わせてもらうが……どうやってここに流れ着いた？」

「……」

俺のいた空島は、俺以外に誰もプレイヤーがいなかった。

俺以外にゲーム開始直後に帽子女にボコボコにされたユーザーもいないって情報もある。

たぶん俺の立場は、他と違う特別な立ち位置だ。

ただの確率による偶然か、キャラクリエイト時に選んだ『お前自身』というキーワードが関わっているのかはわからない。

だが、俺はまだこの情報をみだりに人に話していいものか決めかねていた。

「言えないか。イヒヒッ、いいぜ、そんなこったろうと思った」

「すまん」

「別に責めやしねえよ。発売したばかりの、ましてこんなゲーム。誰しも人に言えない秘密の10や20抱えてるもんさ」

迂闊に口を開くべきではない。そう思ったから俺は口をつぐんだ。

そして目の前の風船頭もそれを見透かしたような調子で、ちっとも気を悪くしていなかった。

「だが、なああんた。どうだい？　ここはひとつ、あんたの秘密を金に換えてみる気は無いかね」

うわっ。胡散くさ。

「ヒヒッ、まあそう怪訝な顔をするなよ。あんたにとっても悪い話じゃない」

「いまどき詐欺師だってそんなこと言わないぞ」

「まあ、聞けよ。俺はドーリス。いわゆる情報屋さ。一度やってみたいと憧れててなあ、物は試しと始めてみたら、これが存外うまくいっている」

「情報屋、ねえ」

見た目と口調も相まってすごく信用しにくい。

あけすけに物を言うやつのほうが信頼できそうなんて最初は思ったが、こいつの場合は外観の怪しさが突き抜けているので判断に困る。

風船に描かれているデフォルメされた笑みの表情がそれをさらに助長している。

こいつの風貌は出来損ないのマフィアのおもちゃのようだ。

「そら、胡散臭いだろう？　だから客入りがいい。ヒヒ、NPCと間違えられたのも一度や二度じゃない」

「その風貌と、胡散臭さがあんたの商売道具ってわけか」

「そういうこった。気色が悪いと冷やかされた俺の下手くそな愛想笑いも、こっちじゃ〝それっぽい〟と評判でなぁ」

「……それ、ロールプレイじゃなかったのか」

「イヒヒッ、誉め言葉として受け取っておくぜ」

道理で貫録があるわけだ。

クツクツと肩を揺らして笑う姿は、〝そういう人物〟としてやたらと様になっていた。

「どうだ、命を助けられた恩返しついでに、なにか経験したことを話してみてくれよ。知らねえ話なら相応の対価は用意するぜ」

恩の話をされると弱い。あのまま引き上げてもらえなければ、鎧に錆のようなバッドステータスが付いていた可能性もある。

いや、そんなもん存在するか知らないが。

そうでなくとも、自力じゃここまで這い上がるのに相当苦労しただろうし。

とはいえ俺もゲーム遊びたての新米。知ってることなんて多くはないが……。

「あー……ゴロゴロ転がってくる頭蓋骨の敵と戦ったんだが、自爆してくる。お陰で武器が一つ駄目になった」

「へぇ。初めて聞くな。ほらよ。30000ギル、受け取りな」

「おい、正気か？」

笑みを深くした風船頭が、ひょいと革袋を投げ渡してくる。

ステータスを確認すれば、本当に俺は資金30000ギルを受け取っていた。

容易く金を渡しすぎだろ。相場はさっぱりだが、さすがに結構な額だろこれは。

本当に今の情報にこの金額の価値があるのか？

そもそも俺が嘘や出まかせを言っているとは思わないのか。

「ヒヒヒ、リビングアーマーでゲームを始めたアリマって新人、お前のことだろ？」

「……耳が早いな」

情報屋を名乗っているだけのことはある。

俺が掲示板で書き込んだのをこいつも見ていたのか？

「だから、お前がここに来たのも一つの縁だと思ってる。他のリビングアーマーは、全員詰んでデータを削除したからな……」

確かに掲示板でもそんなことを聞いた。

となると現状では俺以外誰もリビングアーマーでこのゲームを遊んでいないのか？

特別感がある一方で、一抹の寂しさも感じる話だな。

「金は受け取っておけ。真偽不明の情報にだって価値はあるもんさ」

「お前が納得してるんなら、いいが……」

いきなりひょいと金を投げ渡された俺の方がむしろ釈然としてない。奇妙な感じだ。

「それより、聞け。お前のための旨い話がある」

横柄に放り出していた脚を組み直し、風船頭が手を広げて話し出す。

また胡散臭さを醸し出してきやがった。こいつがプレイヤーだっていうのが信じられねえ。

役にハマりすぎだろ。

「いいか？　ここに来られるのは俺みたいな姑息な陰険か、お前のような僥倖なはぐれ者だけだ」

ニヤニヤと笑みを浮かべながら、風船頭が話を続ける。

自分で自分を姑息な陰険って表現するなよ。説得力あるけどさ。

「だからアリマ。お前を見込んで話がある。……俺と組まないか？」

うわ、胡散くせー……。

第十一章 ♦ 協力関係

「見ろ。向こうに水路が続く道が見えるだろう。あっこは十中八九隠しダンジョンさ」

「それで?」

ガラの悪い姿勢で木箱に座ったままのドーリスが、擦り切れたボロ布を垂らしながら明後日の方向を指さす。

その先には道が続いており、確かに奥は入り組んだ地下水路に繋がっているようだった。

「ヒヒ、ここは入り口の鍵を見つけた俺が施錠して独占してる。他のプレイヤーは、まだ誰一人ここをみつけちゃいない。発売二週間たった今なおな」

ここに来たのは俺が一号でお前が二号。確かにこの水色の風船頭は最初そう言っていた。

「俺はこのダンジョンの調査と攻略する準備をしていた。作った拠点もその為さ」

そういえば高台の片隅には布テントが組み立ててあり、他にも樽やら木箱やら結構な量の荷物が積んである。

中身はさっぱりわからないが、ドーリスが言うようにこの広場に拠点を築いているようだ。

「あとは、攻略する人材。ヒヒ、俺はそれを探していた」

「自分で攻略すりゃいいじゃないか」

「馬鹿言え、俺は情報屋がしたくてこのゲームをしてるんだぜ」

荒事(あらごと)は他の奴(やつ)に任せるに限る。

一層楽し気な声色(こわいろ)で、ドーリスは風船に描かれた三日月の笑みを深くしてそう言った。

「で、攻略を俺に任せようってか」

「お前は序盤のダンジョンを独(ひと)り占(じ)めできて、しかもダンジョンで得た情報を俺に売って金にできる。悪くない話だろ？」

ドーリスはなおも座ったまま、体を前のめりに倒しながら交渉(こうしょう)を押(お)してくる。

うまい話だ。聞けば聞くほどそう思えてくる。

ただこいつの胡散臭すぎる一挙手一投足が俺の首を縦に振らせないのだ。

これ相手が見なりの綺麗(きれい)なスーツのセールスマンとかだったらとっくに了承(りょうしょう)しているんじゃないか、俺。

「俺に任せる意味がないように思えるが」

俺はゲームを始めて間もなく、帽子女とサイコロガイコツにボコボコにされただけのひよっこだ。

こいつも俺が駆け出しだってことくらい承知してるだろう。攻略を任せるのに不安を抱くのが普通だが。

「ココの存在を知ってるヤツは少ないほどいい。イヒヒッ、お前が勝手にこの地下水道に流されてきたんだ。巻き込むのが手っ取り早いだろ？」

「確かにそうだな」

「俺にあんたを逃がす選択肢はない。あんた一人じゃキツイってんなら、俺の方で仲間を手配してもいいぜ」

「伝手があるのか？」

「俺ぁ情報屋だぜ。面子にゃ期待してくれていい。数は用意できないが、信頼できるのを紹介する」

順当に考えれば、本来攻略を頼む予定だった人物がいたんだろう。

たぶん突然俺が現れたから予定が変わったんだな。

飛び入りで俺が参加できたのは、運がいいと思っていいのか。

まあ、ここまで引っ張っておいて何だが俺に断る理由はない。

「受けるよ、その話」

「交渉成立だな、イヒヒッ」

「よろしくたのむ」

差し出された手を、握り返す。

交渉が成立して初めて握手を交わす。

なんかそれっぽくて楽しいぞ。

「さっそくだ。詳しい話を詰めようか」

握手もそこそこに、ドーリスは傍らの木箱を俺に見えるように開いた。

「まずは一つ。携帯リスポーンマーカーだ。アリマ、お前にも使用権を授けた」

「これは……この広場を本当に攻略拠点にできるのか。随分いいものを持ってるな」

箱から取り出したのは小ぶりな十字架の置物。

滝のほとりにあったのと同じく、どこかしらで死んでも、これのある場所でリスポーンできるのだろう。

メニューを開いて確認すれば、この地下水道がワープ可能地点として新たに登録されている。

これは確かにこの置物の効果だろう。

いや驚いた、こんな便利なアイテムもあるのか。

駆け出しでもわかる、これは非常にいいものだ。俺も自分用のやつが欲しい。

「情報と交友関係は福をもたらすものさ。そんなにもの欲しそうな顔をするなよ」

バレてら。

俺リビングアーマーなのに、顔に出てたのか。

「金を積めばどこで入手したか教えてやってもいいが、ヒヒ、オススメはしない。空になった宝箱に興味はないだろう？」

「ああ、遠慮しとく」

まあそんなうまい話はないわな。

使わせてもらえるだけありがたいと思っておくさ。

「そしたら次だ。これを持っておけ」

「これは？」

渡されたのは丸めた羊皮紙のようなもの。

さっそく開いてみると、内容はまっさら。白紙の状態だった。

「ダンジョンマップさ。探索すりゃ勝手に追記される。それが完成したら、俺が高値で引き取ってやるよ」

「なるほどな」

「これも同じだ。お前に預ける」

今度は分厚いハードカバーの本を渡された。例によってこちらも内容は白紙。

「こっちはモンスター図鑑だ。遭遇し、戦って行動を観察してりゃページが埋まる」

「便利だな」

「ページの進捗に応じて報酬は弾む。内容が充実してきたら、ヒヒ、期待しながら俺に見せに来い」

「こっちは返さなくていいのか？」

「本の内容は俺なら吸収や複製ができる。うちの情報屋の目玉商品さ」

なんだか非常に貴重なものを貰ったのではないか？

いや、貰ったというか預かっているだけなんだが。マップの方は完成したら売る約束になっているしな。

でも本来はゲーム始めてすぐに手に入るようなアイテムじゃないはずだ。知らんけど。

「俺の〝探求者〟の技能で作ったアイテムさ。よそじゃ手に入らねえ、失くすなよ」

「おう」

なるほどね。後天的な職業みたいなのがあって、アイテムとかも作れるわけか。

まあこの辺は戦闘職と生産職の違いみたいなもんだろう。

これがあるなしで攻略のやりやすさが段違いだ。

提供された三つのアイテムを思うと、こんな旨い話があっていいのかと怖くなってくる。

「さて。言い忘れたことが一つあってな？」

うわ。わざとらしい声。

おいなんだよ、凄く騙されたような気がしてきたぞ。

「アリマ、お前は大鐘楼にいったことがないんだったな」

「それがどうかしたか？」

「イヒヒヒッ。悪いが、上の大鐘楼への道は通せねぇ。ワープの登録もダメだ。施錠で俺以外は通れなくしてある」

「言ってたな、そんなこと」

「だからお前は大鐘楼のショップが使えなくなる。俺が代わりに用立てるが……少々の手数料は辛抱してくれよ、イヒヒ」

「うわ、タチ悪ぃ！」

「とはいえ長くなりそうな付き合いだ、ふざけた価格で取引したりしねえから安心しろよな、ヒャッヒャッヒャッ！」

くそ、人を食ったようにけらけら笑いやがって……。

大鐘楼っていうのが俗にいう最初の街だろ？

街のショップにはまだ一度も立ち寄れていないから、適正価格がわからんままこいつと取引しなきゃならんのか。

チクショウ、剣や鎧の買い替えとかもしてみたかったのに。

この状況じゃ卸す品もドーリスの手のひらの上じゃねえか。

とはいえ、極度に値をつりあげてやり取りしてしまえば、いつか俺が適正な値段を知って報復する可能性もある。

こいつだってそんなリスクの高い真似はしないだろうが……。

胡散臭さを風船に詰めてシルクハットを被せたようなヤツだ。

どこまで信用していいのか全然わからねぇ。

「俺が大鐘楼への道を開放するのはこの地下水道のダンジョンの解明が完了したタイミングだ」

「つまり俺次第ってことね……」

「そういうこった。話が早いじゃねえか」

俺が最初の街に行けるのは、このダンジョンをクリアしてからになるらしい。

ちょっと変則的なスタートになるが……まあ、これはこれで構わないだろう。

他の人と一風変わった攻略ルートになるが、こういうのも新鮮でいい。

そう思ったあたりで、風船頭がこれまた嫌らしい笑みを浮かべだした。

ハア、今度は何を言い出すのやら。

「だが、なぁ？　そんな防具の有り様じゃダンジョンの攻略はキツイだろ？」

うわ、コイツもしかして。

「イヒヒッ、早速だ。３００００ギルで武器をひとつと鎧一式を売ってやれるぜ」

やりやがった。なんちゅう白々しさ。

ＨＰ１で武器も持たないリビングアーマーがダンジョン攻略なんてできるわけもない。

約束を取り付けてから３００００ギルを取り返す算段だったらしい。

この情報屋、抜け目がなさすぎるだろ。

「先に言っとくが鎧の修復も承らないぜ。そんなスクラップみてぇな鎧を直せる鍛冶師、このゲームにゃ存在しないからな」

節約も許す気はない、大人しく耳を揃えて３００００ギルを支払え。

ドーリスは言外にそう言っていた。

でも大丈夫。

「必要ない。武器も鎧もアテがある」

「……なに？」

だって俺には失敗作の剣をくれる鍛冶師の大天使エトナが付いているからね。

実はさっきの携帯リスポーンマーカーの登録時に、空島の滝にワープできることは確認しておいたのだ。

この３００００ギルはきちんと俺の懐に入れさせてもらうぜ。

「ケッ、出まかせじゃなさそうだな。……予定が狂っちまったぜ、ヒヒ」

こいつ、見せつけるようにわざとらしく悪態つきやがった。

いやはや、癖の強いやつと組んでしまった……。

第十二章◆地下水道の探索

さて、一度エトナのもとに戻り防具の修復をお願いして、武器も貰ってきた。

武器が折れたと伝えたら、何も言わずに新しい剣を一本差し出されたのでありがたく頂戴したぞ。

俺、武器をくださいとも言ってないのに。

以心伝心というやつだな。

ちなみにくしゃくしゃの鎧の方はエトナが俺を視認するや否や、鍛冶の手を止めて有無を言わさず乱暴に全部剥ぎ取られた。

まあいいんだけどさ。もう少し手心というか……ない？

ないよね。わかってた。

もちろん鎧をエトナが盗むわけもなく、防具はぜんぶ完璧に修復してくれた。

懸念していた鎧の修復に掛かる時間だが、こちらもあっという間だった。

エトナが言っていたように、まだ装備が生きているならどうとでもなるらしい。

エトナが金槌で叩くと、鎧が元の形に覚えているかのように再生していくのだ。

作業を眺めているうち、俺でもできそうって言葉が喉元まで出掛かったが、飲み込んだ。

たとえ単調に金槌を振るっているだけに見えても、プロの仕事に素人が口出しするもんじゃない。

真剣なエトナの表情を見ればなおさらだ。

こんな下らないことでエトナの機嫌を損ねたくもないしな。

ところでエトナは快く失敗作の武器を俺に譲ってくれるが、鍛冶師が不出来な武器を戦士に渡すのってどうなんだろう。

こう、鍛冶師の沽券に関わったりしないのか？　プライド的にいいのか？

そんなことを聞こうとも思ったが、これもやめておいた。

俺はエトナに武器を扱う戦士とも思われておらず、不良在庫を体よく押し付けられる便利なゴミ箱として扱われている可能性が見えたからだ。

深く追及せずにおけば、真実は闇の中というわけだな。

というわけで、装備の補充兼回復はしっかり行えた。

ドーリスにあんな大見得切っておきながら、やっぱり駄目でした武器売ってくださいは悲しすぎるからな。

エトナとの縁の切れ目が俺の命の切れ目だ。是非とも良好な関係を維持したい。

が、だからといっておべっか使ったりベタベタ擦り寄ったら一瞬で嫌われそうなのが怖いところ。

このまま戦士と鍛冶師としての、程よい距離感を保つのが良いんだろうな。

さて、ダンジョン攻略には助っ人を呼んでもいいという話だったが、まずはソロでうろつくことにした。

さっそく地下水道のダンジョンに踏み込んでわかったことがいくつかある。

まず、地下水道は俺の想像したような汚物まみれのエグい環境ではなかった。

通路の壁には水路を照らすクリスタルが規則正しく壁に埋まっており、明度充分、視界良好。

脇を流れる水路の水は透き通っており清涼感がある。一帯はクリスタルの柔らかな光に包まれており、地下水道という閉塞感も感じにくい。

しかも直角にしか曲がらない通路は常に見通しが良い。モンスターを警戒しやすい構造は冒険初心者にかなり優しい仕様だ。

出現する敵の種類も、そう恐ろしいものではなかった。

まず一体目、二足歩行のデカいネズミ。【ヒトネズミ】という名前で、一番多くて一番弱い。

エトナ謹製失敗作の剣で5回くらい斬りつければ倒せる程度の体力しかない。

サイコロガイコツのように自爆したり仲間呼び出したりといった悪辣な性質がない良心的な存在だ。

――とか思ってたらコイツ、図鑑には疫病持ちって書いてあった。俺リビングアーマーだから気づかなかったよ。

ドーリスに聞いたら疫病は接近時にもらう状態異常で、他人に感染する性質があるそうだ。

武器を使うならともかく、素手で殴ったりすると高確率で疫病をもらうらしい。

もちろんコイツから攻撃を食らうのもアウト。

気になる疫病の症状だが、スタミナ枯渇、視界不良、防御力の大幅低下、定期継続する割合ダメージ、回復アイテムの効果半減etc……。

聞いてるだけで俺は青ざめた。状態異常として凶悪すぎる。

しかも近くのプレイヤーに伝染するってんだから恐ろしい。

武器と防具で圧倒していても、こいつ1体でパーティ壊滅しかねないじゃねえか。

リビングアーマーのような無機物系統の種族は疫病が効かないようなので良かった。

ちなみにドーリスからこれを聞き出すのに金は取られなかった。

チンケな情報でまで金を巻き上げるようなセコい真似は、彼のポリシーに反するらしい。

確かにインターネットで調べれば入手できる情報でもある。ただ、ドーリスの口から聞いた情報は信頼性が高い。

彼の口から直接質の高い情報を得られる俺の立場は、かなりおいしいな。

さて、こいつのメインのドロップアイテムは【病の潜む皮】。

使い道はあるのか？　換金性があるようにも思えないが、捨てる理由もないのでありがたく頂いてある。

奇特な生産職のプレイヤーが欲しがるかもしれないからな。

2体目、【不潔コウモリ】。

凄く弱い。俺の剣でワンパンできる。ちょっと剣を当てづらいのが鬱陶しいだけで、さしたる脅威ではない。

倒し損ねてもコイツじゃ俺の鎧を牙でも爪でもさして傷つけられなかった。

高確率でヒトネズミの周りに2体くらいうろちょろしてるが、完全に無視していいレベル。

ヒトネズミを始末したあとにさくっと両断して終わりだ。

倒したあとに図鑑を確認すれば、案の定疫病持ち。

しかも疫病とは別に猛毒も持っていた。

猛毒。猛々しい毒と書いて猛毒。

効果、即死。

ヤバすぎて草。

詳しくは解毒が間に合わない毒だそうだ。

実際には即死ではなく喰らった瞬間昏倒、ＨＰ上限が極限まで低下して超ハイペースで小ダメージが連続するらしい。

どっちにしろ即死じゃねえか。

ちなみに解毒薬を口に含みながら猛毒を食らうと、スリップダメージを止めるのは間に合ってもＨＰの上限が1になって元に戻らないらしい。

そして上限値は死ぬことでしか元に戻らないようだ。

じゃあ死ぬしかないじゃない。ふざけやがって。

俺、リビングアーマーで良かったよ。

リビングアーマーは死んでもＨＰの上限は元に戻らないけどね。ペッ。

こいつからは【不潔な翼】がドロップした。俺の持ち物が不衛生なもので埋まっていく。

使い道がありますように。

3体目は【濁り水】。

このダンジョンの問題児。

入り口付近にはいないのだが、奥の方へと進むにつれて出現しだす。

こいつのせいでダンジョンの奥に進めない。

苔のような緑色に濁ったスライムみたいなモンスターなんだが、攻撃が効かん。

オーソドックスなスライムのように粘性があったりコアとかがあればいいものを、コイツはマジで水。

斬ろうが突っつこうがパシャパシャ飛沫が出るだけで、完全に攻撃が無駄に終わる。

倒し方がさっぱり分からん。お手上げ状態。

バケツで掬って水路に捨てたろか。

普通に反撃されるのが目に見えているのでやらないけど。

しかもこいつスルーしようにもすばしっこくて通り抜けられないうえ、一丁前に攻撃してきやがる。

水のボディで勢いをつけてタックルをしてくるんだが、これががっつり物理攻撃だ。

逃げる分には追ってこないのが救いか。

こう、特殊技能や魔法的なものがあれば攻略できるか？

火炎放射で蒸発とかさせてさ。

ぶっちゃけソロでダンジョン踏破する気マンマンだったのだが、こいつのせいで頓挫してしまった。

うーん、悔しい。なんとかならんかのう。

それまでは敵との相性の良さを感じていただけに歯痒く感じる。

名残惜しいが、この濁り水が門番のように立ちはだかっているせいでドーリスの伝手を借りて助っ人を呼ばざるを得なくなった。

初めてのパーティ編成になるだろう。

ドーリスは期待しろと言っていたが、果たしてどんな人が来るのだろうか。

第十三章 ◆ スキル発現

ドーリスを頼って仲間を呼ぶより先にすることがある。

ダンジョン浅部の探索だ。

行ける場所は片っ端から行く。分岐も行き止まりも全部だ。

この地下水道は構造が素直なので、行ける道を片っ端から辿っていけば地図が埋まる。

ランダムで出現する宝箱もちょくちょく見かけた。行きはなかったのに帰りには通路のど真ん中に鎮座しているとかザラだ。

中身は今のところイマイチ。鉄くずとか鉱石とか、素材アイテムばかりだ。

今の俺には無用の長物だな。

でも集めておけばいいことがあるかもしれないので、見つけたら欠かさずに回収だ。

いつかエトナが鍛冶仕事に欲しがるかもしれん。ギブミー頑丈な武器と鎧。

また、俺は探索と並行で戦闘能力の向上にも力を入れている。

なにせ俺はヒトネズミと不潔コウモリの極悪スリーマンセルをらくらく倒せる立場にあ

るのだ。

戦闘訓練し放題なんだから、しない理由がない。

もし俺が毒を食らう種族だったらヒトネズミに近寄られる前に大慌てで遠距離攻撃でコウモリを倒し、神経質にネズミ退治をしなくてはいけなかっただろう。

それじゃ戦闘訓練とか言っている暇ないよな。

でも俺はリビングアーマーなので問題ありません。

種族のアドバンテージを活かせる立場なんだから活用させてもらう。

俺の戦法は至ってシンプル。近寄って、蹴って、剣で斬り払う。

戦闘のモデルは俺をボコボコにした帽子女、レシー。

俺は思ったのだ。蹴りは強い。

相手の防御を崩しやすく、躱されても体の勢いを次の攻撃に乗せられる。

俺は元々盾を持っていたのだが、それは失って久しい。

それはつまり、相手の攻撃を盾でいなしてから反撃に転じるという戦法が取れなくなったことを意味する。

故にこちらから攻撃を仕掛け、相手の守りをぶち破ってでも倒しきる方向に戦術をシフトする必要があったわけだな。

更にこの戦法、俺の体とすこぶる相性がいい。

重く硬い鎧の体で蹴ると強い。非常にシンプルな話だ。

しかも鎧の中身が入ってないので重さの割には身軽に体を動かせる。飛んだり跳ねたりも容易い。

相手の懐に飛び込みながら回し蹴りを叩き込んだりもできてしまうのだ。

が、欠点も多い。

まず、俺のＨＰが減る。

鎧で蹴ってるんだからそりゃそうなるよな。

たぶんこれが一番大きなデメリットになるだろう。

戦うたびに損傷していく足甲を見ると申し訳ない気持ちになる。

無理させてごめんな。

次に、うるさい。

鎧の中が空洞なので敵に蹴りを炸裂させるたびカァン！　とかゴォン！　とか景気よく打ち鳴らしてしまう。

音の響きは当たり所と相手の硬さ次第。

なおジャストミートさせるとコォン、と足甲の中で音が短く反響する。

小気味いい音でうるささも控えめ。常にこうありたいものだ。

ちなみに俺の蹴りがヘタクソだったときはガシャーン！　といった風に情けない音が出る。

不思議だね、被弾したときと同じ音だよ。ＨＰも多めに減りました。

実際問題としてこのうるささ、おそらく敵を呼び寄せてしまう。

地下水道では敵が密集しておらず、囲まれにくい地形だからまだ問題はない。

だが別のフィールドで戦うようになったらこの欠点がどんどん目立ってくるんじゃないだろうか。

今後、エリアの性質や敵エネミーの強さ次第では封印も視野に入ってくる可能性もある。

この騒音はそのレベルのデメリットになるだろう。俺はそう予想した。

しかし、これらのデメリットを抱え込む価値があると俺は思っている。

というのも、見よう見まねで下手くそな蹴りをヒトネズミにぶちかましているうち、とうとう俺にもスキルが発現したのだ。

名を【蹴撃】。これが俺に宿ってからというもの、一気に蹴り技のキレが増した。

以来、なんとなくこうやって蹴りたいな……というイメージの通りに体をアシストして動いてくれるようになった。

当初は急に暴れ出したミミズみたいなキックしかできなかった俺も、このスキルのおかげでまともな蹴り技を扱える。

きちんと戦いの手札として成立するレベルの代物だ。

レシーのような変幻自在な蹴りを繰り出すまではいかないが、お陰様でこの鎧の体はかなり頼もしい武器になった。

お前騎士みたいな見た目しておいて最初のスキル蹴りかよという文句は受け付けない。

俺の剣はしばしば折れるのだ。攻め手は多いに越したことはない。

しかしこの【蹴撃】、まだ習得したてだからなのか熟練度が低い。アシストの精度にムラがある。

俺の体の扱い方が野暮ったいのももちろんあるだろうが、使い込みで向上されそうな余地があるのだ。

それに不慣れでも練習すればスキルが習得できるとわかったのは大きい。

もちろん種族適性や習得難度等はあるだろうが、いっきに拡張性が見えてきた。

ドーリスが紹介する助っ人は、既にある程度このゲームに触れたプレイヤーが来るはずだ。

その人におんぶにだっこで攻略は、あまりに恰好がつかないだろう。

それに多分、楽しくない。せっかく未踏破のダンジョンがあるのに、それで終わらせるのはもったいなさすぎる。

だから俺は更にスキル面で自分を強化することにした。

欲しいスキルは色々ある。おそらくだが戦闘スキルはざっくり攻撃系、防御系、回避系にカテゴリ分けされるはず。

差し当たりの目標として、各カテゴリーで一つずつくらいは欲しい。

攻撃スキルは【蹴撃】があるので、残るは防御と回避。

【蹴撃】スキル習得の成功体験をもとに考えると、へたっぴでもいいから数を重ねるのが重要と見た。

ちなみに蹴りを試し始めた頃の俺は、傍から見るとただの暴れるオタクくんだった。到底見るに堪えない姿だったぞ。

クールな全身鎧にコーティングされているのが余計悲愴感を増していた。

あのダッサいキックを誰にも目撃されなくて良かったと切に思う。これもダンジョン独占の恩恵。

だって巻き取りの際に暴れる掃除機のケーブルにさえキレで負けてたよ。本当に人に見られなくて良かった。

だがそんな俺の素人感丸出しへなちょこキックでさえスキル【蹴撃】の糧となったのだ。

巧拙は関係ない可能性が高い。

まずは防御。これには俺にカスダメしか与えられない不潔コウモリくんに手伝っていただく。

やり方はシンプルで、体当たりに合わせて体を流し、衝撃を殺す。ひたすらこれの数を重ねた。

結果として入手できたのが――【衝撃吸収】。

叩くような物理攻撃に対して、体が勝手に衝撃を飲み込むように脱力してくれるようになった。

身体が吹っ飛ぶような強い衝撃であるほど、このスキルの恩恵は強くなっていくだろう。

これはいいものだ。俺の鎧が凹む可能性が減る。

そして回避スキル。

こっちはヒトネズミを相手に使うことにした。

敵の攻撃を誘い、当たらないように避けるだけ。

なんのヴィジョンも浮かばないが、やってればなんかしらのスキルがもらえるだろ。

【衝撃吸収】のスキル習得がうまくいったからそんな楽観的な気持ちでやっていたのだが、

これは全然ダメだった。

収穫なし。時間の無駄。

スキルの習得はそんなに甘くないらしい。

俺は悲嘆に暮れ、打ちのめされた気分で間合いを見切りながらヒトネズミを蹴り砕いていた。

するとなんと、まったく予想だにしていないタイミングで別のスキルが手に入った。

スキル名は【絶】。

強そうな名前にワクワクしながらチェックしてみると、ずばり間合い調節のスキルのようだった。

うーん、拍子抜け。回避スキルじゃないし。今後も攻撃は自力で避けなきゃいけないじゃん。

とか思っていたのだが、やや様子がおかしい。

このスキルが発現してからというもの、蹴り技の当て感が異常なのだ。

蹴りを繰り出すとグイっと体が進む。もはやターゲットの敵に引力が発生してんじゃねえのってくらい体が引っ張られる。

かなり強引な挙動に疑問を覚え検証を進めてみると、衝撃の事実が判明した。

――これ、蹴り技限定の間合い改変スキルだ。

一定の範囲内であれば〝絶対に蹴りが届く〟。これが効果。

あくまで距離の話であって必中効果が付随するわけではないが、凄まじく便利。

助走ゼロでも遠間の相手に飛び蹴りとかできる。

蹴りを使った先制攻撃がめちゃくちゃしやすくなった。

この〝届く〟というポイントがミソで、この効果のおかげで空を飛んでいる相手の所にも体が運ばれていく。

試しにちょっとした高所にいる不潔コウモリに向かって使ってみたら、確かに体が吸い寄せられて蹴りが命中した。

なお着地のケアはなし。

危なすぎた。

使いどころを誤ったら落下して死ぬね、これね。

ともかく、こんな経緯で戦闘スキルを各種習得するという目標は達成できた。

【絶】を回避スキルの枠に当てはめてよいかは疑問だが、このスキル探しは多分永久にできる作業なのでこの辺にしておく。

今はレベリング感覚だが、ゆくゆくはエンドコンテンツと呼ばれるようなやり込み要素となるだろう。

でも鎧をキンコンカンコン鳴らしながらヒトネズミを蹴っ飛ばしまくるのはここいらで終わり。

次はドーリスに仲間を紹介してもらって、この地下水路の奥に進むぞ！

第十四章 ◆ 仲間と顔合わせ

【生きペディア】。

構成員のほとんどが設定の考察をしているのが特徴で、ゲームの設定資料収集が目的の大規模ギルド。

大鐘楼の街の一角にあるギルドホームは外部にも公開されており、彼らが集めたゲーム内情報は誰でも閲覧できるようになっているそうだ。

この地下水路の攻略の助っ人にやってくるのは、そのギルドに所属している人物らしい。

ほぼ手付かずの無垢なダンジョンを攻略できることより、とにかく未知のフレーバーテキストが手に入ることに価値を置いているとか。

情報屋のドーリスが曰く、金払いの良い生きペディアは一番の得意先らしい。

以上の説明を踏まえ、やってきたのがこの人物。

「土偶のシーラと申します。よろしくお願いしますわ」

「お、おう。アリマだ、よろしく……」

土偶だ。土偶がいる。

正式名称、遮光器土偶。誰もが土偶と聞いてまっさきに脳裏に浮かべるアレがいる。

人間よりひと回りほどサイズがデカい。更に浮遊している。ものすごい存在感だ。

ボスエリアにいてもちっとも違和感がないだろうな。

しかもお嬢様言葉だよ。そんで声が綺麗。

ロールプレイやネタでやるにしては随分と堂に入っている。

品がありすぎるので、マジもののお嬢様の疑いあり。

外見で面喰らって、喋り出した中身の上品さで二度びっくりだい。

「仔細は聞いておりますわ。物理の効かない敵に困っているのだとか」

「液体の敵がいる。俺じゃ歯が立たん」

「失礼」

直後、土偶の眠たげにも見える一文字の眼が閃き、まばゆい熱線が照射された。

光は鋭く広場の床に突き刺さり、黒い煙を上げていた。

「一見に如かず、でしょう？　わたくしの通常攻撃ですわ。不足はないかと」

「あ、ああ。頼もしいよ」

見た目のインパクトが凄い。めちゃくちゃ強そう。

カルチャーショックだ。これが通常攻撃なのか。

なんか俺がいつもドタバタ蹴ったり斬ったりしてるのが急に惨めに思えてきたな……。

いや、それを承知で俺は冒険の王道は騎士だとリビングアーマーを選んだんだ。後悔などすまい。

これならあの憎き液体を打倒できそうだ。通常攻撃ということなので残弾を気にしなくて済むのも気楽でいい。

しかしシーラはなんというかこう、ゲーム終盤に行ける隠しダンジョンの古代遺跡に出てくる敵みたいだな。

あたかも雑兵のように登場するのに魔王軍幹部クラスの強さのやつね。

まさか土偶のお嬢様と肩を並べてダンジョンを攻略する日が来るとは。

人生わからんもんだ。

「当方は後衛職ですわ。アリマさんには矢面に立っていただきたいのだけれど」

「任されよう」

「結構。攻撃速度と命中精度には期待してくださいまし。背中を見せるのに不安を抱く必要はないですわ」

このゲーム、おそらく当然の如く味方への誤射がある。俺も背後の射線を気にした立ち

回りを心掛けなくては。

とかなんとか考えていたらシーラのこの言葉。

確かに彼女の熱線のように高速かつ高精度な飛び道具であれば、誤射は起きにくいだろう。

「ただしわたくし、ご覧の通り脆いので。取り扱いには重々気を付けてくださいまし」

「把握した。ベストを尽くすよ」

ご覧の通り……？　という疑問がよぎったのはおくびにも出さずに言葉を返す。

確かに土偶って割れ物にカテゴライズされるもんな……？　いや、確証はないんだけど。

うっかり敵を背後に通してしまわないよう、気を付けねばなるまい。

頼りがいはありそうだが、いつもと勝手が変わるだろう。

不安もあるが、それを上回るくらい楽しみである。

「にしても……リビングアーマーの方とパーティを共にするのは初めてですわね」

「ああ、どうも希少種らしいな」

「なんでも、〝産業廃棄物〟の称号を欲しいがままにしているとか」

「ちょっと言いすぎじゃないか!?」

思わず声を荒らげてしまった。

産業廃棄物て。もっとこう、マイルドな言い方があるだろ。

ただＨＰの回復手段がない上に、装備の修復ができなきゃＨＰの最大値がずっと低いままの種族じゃないか！

うん、問題点が非常にシンプルかつ重大だね。

「まあ確かに回復手段はないが、この地下水道じゃ俺の装甲が通用する。壁として使ってくれ」

「存分に頼らせていただきますわ」

「よし、じゃあダンジョンに入る前に情報を共有しておきたい」

「よくってよ」

情報共有は大切だからな。

現時点で知れているエネミーの種類と、その性質。それを漏れなく共通の認識としておく。

彼女の方がプレイヤーとして先輩だろうが、それでも認識のズレがないように話を通しておいた。

具体的には毒とか疫病が俺に通用しないことや、慌てて不潔コウモリを始末しなくても俺ならダメージをほぼ負わないこと。

リビングアーマーのメリットデメリットもちゃんと話した。デメリットを伝える時間の方が長く尺を取るので悲しくなっちゃったな。

もちろん彼女の種族についても聴（き）かせてもらった。

種族名、ミステリーゴーレム。脆弱（ぜいじゃく）な耐久（たいきゅう）性の代わりに高火力の遠距離攻撃を持つ。

得手不得手がはっきりした種族だ。役割が明確で連携（れんけい）を取りやすい。

加えて、彼女には一度散策して感じたダンジョンの所感をきっちり伝えておいた。

一通り説明を聞いたシーラの反応はといえば。

「ふむ。意外ですわ」

「どうした？」

「いえ。種族にリビングアーマーを選ぶような方ですから、もっと後先を考えない愚昧（ぐまい）な方かと思っていましたわ」

「いやまあ、否定はできないが」

幸運に支えられている部分も大きいしな。

自力でエトナを発見したとはいえ、彼女がいなければ酷（ひど）いことになっていた。

掲示板（けいじばん）調べでは彼女に会えないケースの方がほとんどのようだし、効率ではなく浪漫（ろまん）でリビングアーマーを選んだのも事実だ。

ここまでゲームを遊んで痛感したが、俺が続けられているのは完全にエトナありきだ。

他のリビングアーマーが絶滅したのも頷ける。

「慎重でないとやっていけないだけだ」

「むぅ。遠まわしに褒めたつもりでしたのよ」

シーラはそんな風に言ってくれるが、あまり素直に受け取ることはできない。

もし俺がエトナに嫌われたら、その瞬間からとてつもない窮地に追いやられる。一瞬で大ピンチだ。

だいたい彼女がいつまでも俺の装備を修復してくれるとも限らないんだ。

防具を直す当てがあるからといって、死を顧みずに無謀な突撃を繰り返したりはできない。

「何にせよ、アリマさんが信を置くに値する方で良かったですわ」

「それを決めるのは、ここを攻略し終わってからの方がいい」

「あなたがそう仰るのでしたら、そうしましょうか」

かくして、騎士と土偶という奇妙なパーティによるダンジョン攻略は始まった。

第十五章 ♦ 地下水道、リベンジ

後衛ってすごい。

地下水道に踏み込んですぐ俺はこの感想を抱いた。

敵エネミーを視認したとほぼ同時に、うざったい不潔コウモリ達が俺の背後から飛来するビームによって消滅させられるのだ。

俺はぽつんと孤立したヒトネズミを蹴って斬るだけでいい。

元から不潔コウモリがさしたる脅威ではなかったとはいえ、後衛にシーラが入るだけで戦闘のペースが段違いだ。

楽、とにかく楽。考えることが少なくなった。

「アリマさんは鎧の身で奇怪な戦い方をしますわね」

「だが、これに強さを見出した」

言いながら、現われた敵の一団の懐に潜り込む。

狙いはヒトネズミ。【絶】に身を委ね、吹き飛ぶような勢いで空を舞いながら回し蹴りをぶちかまし、そのまま腕に慣性を掛けて柄の底で打つ。

続けざまに斬り下ろしてトドメ。

3体いた取り巻きの不潔コウモリは既に黒い煙を上げながら墜落し、消滅している。

土偶のシーラ、仕事が速い。

「だとしても、目を疑う戦いぶりですわ」

いや、これ本当に強いんだって。

確かにフルアーマーならどしっと砦のように構えて敵の攻撃を受け止めればいいって思うかもしれない。

でも【絶】のことを度外視しても体が軽いんだ。

気分は軽装のモンク。

帽子女との戦闘でも鎧の身を活かしたタックルは効果が大きかった。

やはり質量は力なのだ。

重厚な鎧の戦士が飛び掛かりながら蹴りを見舞う姿は確かに奇怪と言わざるを得ない。

でもこれがリビングアーマー流の戦闘術だと俺は信じてる。

それに、エトナから貰った失敗作の剣を温存したいという気持ちもある。

俺は悟ったんだ。この剣、耐久値が低い。

他の武器がどうかは知らないが、連戦を繰り返せばたちまちオシャカになる。

この剣もまた先代のようにどこかであっさりとへし折れる未来なのだ。

だがそんな失敗作の剣でも俺の最大火力。蹴りで体力を削り、剣の消耗を抑えるという狙いもある。

練習の甲斐あってかキック程度では俺のライフも削れなくなってきた。

ますます敵を蹴らない理由がなくなってきたというものだ。

「そろそろ本命が現れるぞ」

「ええ。備えておきましょう」

歩きなれたダンジョン浅部を抜け、未踏の領域に近づいていく。

どうにか突破しようと足掻いたおかげで、ヤツが出現しはじめる範囲も頭に入ってる。

「来た！」

正面から緑の水が蛇のように這って現れる。

我が天敵、濁り水よ。お前には散々煮え湯を飲まされてきた。

初見なんて攻撃が通用しなくてそらもうパニックよ。

そのときの俺の醜態はといえば、ホースから出る水に翻弄されるワンちゃんの如く。

性質を理解した後も憎々しげに睨みつけて威嚇することしかできなかった。

だが、それも今回までの話。

「いかにも、私向きの獲物ですわね」

シーラの両目が煌めき、二条の光が濁り水を突き刺す。

蹴っても斬ってもノーリアクションだった水の塊が、初めて嫌がるようにのたうった。

やはり有効！　濁り水、恐るるに足らず！

「待て、様子が変だぞ！」

しかし無防備に熱線を照射されていた濁り水に、変化が訪れる。

一団となっていた濁り水が、ワイドに体を伸ばし面積を広げはじめたのだ。

これだと一点に収束するビームではダメージ効率が悪い。

大丈夫なのか……？

「つまらない小細工」

だが狼狽する俺とは対照的に、シーラは毛ほども動揺しなかった。

薄く広がりながら距離を詰めていた濁り水がたちまち淡い光に包まれる。

すると濁り水は強引に一つに纏められ、無防備に宙に浮かべられてしまった。

「焼却ですわ～」

ひと際強い光が浮遊する濁り水を照らす。

あとには塵一つ残っていなかった。

……濁り水、撃破。

「見事だ。助かった」

「他愛もありませんわね」

俺が勝手に不安がっていただけで、結果は楽勝。

得手不得手があるとはいえ、素晴らしい戦果だった。

傍らの土偶を見上げながらそれを讃える。

感情はおろか顔色さえ窺えないが、俺にはどこか彼女が得意げに見えた。

「しかし、念力も使えるのか」

「ええ。遮光器土偶の嗜みですわ」

そうなのか。でも遮光器土偶が戦うんなら念力を使えない方が不思議なくらいだもんな。

こう、土偶ってエスパー的な力は一通り揃えていそうだし。

俺が濁り水に無力なので、一切動じずに淡々と濁り水を退治してくれるシーラの安心感はすごかった。

「この程度なら他のモンスターが一緒でも対処できますわね」

「頼もしいよ。これなら地下水道も難なくクリアできそうだ」

その為に彼女を呼んだとはいえ、やはりとことんまで手こずっていた難敵を鎧袖一触してくれると気分もスカっとする。

行き詰まっていた地下水道攻略に突破口が開いたことに、俺もつい高揚していた。

――だが、そんな浮かれ気分に冷や水を浴びせる存在が現れる。

「……ッ！　アリマさん、戦闘用意を！」

それは、前触れも無く中空に現れた排水溝のような穴。

「なんだこれ！」

シーラがらしくもなく声を荒らげたことに緊急性を感じつつも、シーラを後ろに隠すように陣形を組む。

そうしている内にも空間に開いた風穴はごぼごぼと不快な水音を立てていた。

穴は絶え間なく大量の黒い泥水を噴出し、びちゃびちゃと音を立てて地下水道の床を汚しだす。

虚ろな穴の向こう側を凝視し、俺は限界まで警戒した。

井戸の底のような暗闇の穴の奥。

黒泥にまみれてずるずると、何者かが這い出てくる。

〝それ〟はやがて穴から零れ出し、ゼリーにようにぼちゃりと湿った音を立てて滴り落ちた。

そいつは糸に吊るされたような不自然な動きでぐいと体を起こし、幽鬼のように顔を上げた。

「エへ。エへ。まずは――ありがとうございます。はじめまして、ですよね」

果たしてその姿は、不気味に笑うシスターであった。

シーラが叫ぶ。

「――相手はプレイヤーキラー、【ありがとうの会】です！！！」

いや、ありがとうの会ってなんだよ。

第十六章 ♦ VSランディープ

「ウフフ。ここ、知らない場所です。連れてきてくださった貴方にはお礼を言わなくてはなりませんね……？」

にこにことキマった笑みを浮かべる修道服の女。

頭巾に覆われた桃色の長髪を片手で艶めかしく弄びながら、俺に向けてなにやらぶつぶつ言っている。

外観だけなら可愛らしい修道女だが、兎にも角にも尋常ならざる雰囲気。

薄気味悪いうえに、どうやら敵対関係。

月夜を思わせる深い紺色の瞳が俺をジッ……っと見つめてくるが、奴とは会話に応じず

シーラに問いかける。

「おい、こいつはなんだ⁉」

「とにかく敵ですわ！」

「撤退はダメか⁉」

「向こうの能力で領域が閉じられています！」

シーラが言うが早いか、排水溝から噴き出す汚泥がエリアを浸食、区切っていく。

清潔感のあった美しい地下水道はたちまち汚濁されていき、辺りが陰惨な雰囲気に飲み込まれてしまう。

神秘的な光を放っていたクリスタルは不安を煽るように仄かな光にまで弱まり、一帯は瞬く間に暗澹とした世界に変わった。

戦闘用にエリアが仕切られたのか？　くそ、そういうのもあるのか。

完全なイレギュラーに付き合ってやる義理もないから逃げちまえと思ったんだが……！

「お名前。アリマさんって言うのですね……！　エヘヘ」

「そういうお前はシスター・ランディープ！」

名前を呼ばれたから修道女の頭上の名を呼び返してやったが、こいつ、プレイヤーネームの表示がおかしい。

黒い文字が白い光で彩られている。まるで皆既日食のようだ。

シーラは彼女をプレイヤーキラーと称したが、プレイヤーを殺しに来たプレイヤーは名前がこうなるのか？

「来ます！」

「アリマさんっ！！！　わたし、本当にあなたにありがとうが言いたくって……！　ウフフフッ！」

シーラの呼びかけとほぼ同時。顔を紅潮させた修道女が俺の名を呼び、足元の泥から巨大な武器を引き抜いた。

「ドリルゥ⁉」

それは、巨大なドリルハンマーとでも呼ぶべき代物。

長い柄の先に大きな機械構造体が繋がっており、金属の円錐に螺旋状の溝が走った切削工具が装備されている。

要するに、ロボットとかによく付いてる岩盤でも容易くぶち抜けそうなアレだ。

そういうのもアリな世界観だったんですねこのゲーム。

とかなんとか現実逃避混じりで狼狽している内に、ランディープは修道服とミスマッチな機械槌を構え突撃してきた。

だが、体を動かしての回避はしたくない。コイツが俺を無視して後衛のシーラのもとまで駆け抜ける可能性があるからだ。

故に俺はダメージを承知で鎧で受けるしかなかった。

「エヘ。わたしのはじめての〝ありがとう〟、アリマさんに捧げます……！」

だが、棒立ちで攻撃を食らってやる義理はない。

ギュラギュラと駆動音を掻き鳴らす機械槌を前に、足甲を使った蹴りで弾き軌道を逸らす。

ドリルを避け機械部分を狙って蹴ったとはいえ、それでも巨大な鉄塊。

足甲が損傷しＨＰが削られるが、承知の上だ。

「なッ……。どうして私の〝ありがとう〟を受け取ってくれないのですか⁉」

気味の悪い言動と共に続く機械槌の猛撃を全て蹴ってはたき落とし、肘鉄で突き飛ばして間合いを取り直す。

即座にシーラが追撃のレーザーを放ち、ランディープはそれを駆けて避けた。

「何故です？　私はただアリマさんに喜んでほしくて、純粋な気持ちで〝ありがとう〟をお渡しししているのに……」

ハンマーを脚で蹴って弾く曲芸じみた真似は死ぬほど神経を削られる。あのドリルの破壊力じゃ一回ミスっただけで余裕で即死だ。

鎧の防御なんていとも容易く貫通してくるだろう。

せめて剣で防ぎたいが、あのドリルハンマーを剣で防御なんてすれば十中八九へし折れる。

レシーとの闘いで敵の攻撃を剣で防いで失敗した経験もある。同じ轍は踏めない。

蹴りで相手の攻撃を弾き返すのなんてぶっつけ本番だが、なんとかなるもんだ。

「こんなにも真摯な気持ちで〝ありがとう〟の意味を込めているのに、そんな……酷い……フフ」

ランディープはなよなよとした言動でさも悲しげにしながら、遮蔽物のない水路を機敏に駆けシーラの熱線の悉くを捌き切る。

土偶のシーラの存在は意にも介していないようで、瞬き一つしない視線はただ俺だけをずっと見つめていた。

余裕のつもりか？　ムカつく話だ。

シーラの援護射撃の切れ目を見計らい、今度は俺が攻勢に出る。

【絶】による急接近からの回し蹴り。

「ウフッ。わかりました。あなたには〝ありがとう〟を言われる側としての自覚が足りないのですね」

だがコイツもまた俺の蹴りをハンマーの柄で防ぎやり過ごす。

初見の【絶】に狼狽えた様子すらない。かなりの肝の据わりようだ。

「エヘヘ、ちゃんと立場をわからせてあげます。〝ありがとう〟の受け取り方、私が教えてさしあげますね」

相手に攻撃ターンを譲らないように剣と蹴りの応酬で攻撃を続けるが、ダメだ。

ランディープは熱っぽい視線で俺をガン見しており、防御において一切の隙を見せない。

ちっとも有効打が入らねえ。

「エヘ、エヘ……ウフフフッ！」

「笑ってんじゃねえ！」

「わたし、はじめての〝ありがとう〟をアリマさんにお渡しできると思うと嬉しくって。ウフフ……」

気味が悪くてしょうがねぇよッ！　なんだコイツ！

NPCじゃなくてプレイヤーだっていうのが尚更に鳥肌たつわ！

「さっきからなんだよありがとうを言いに来たって！　意味わかんねえぞ！」

吠えながら回転斬りを見舞う。

咄嗟に飛び退いたランディープを、シーラが空中で射貫いた。

熱線はランディープの体を貫通し、上下に開いたレーザーが奴の体を真っ二つに両断する。

「やったか？！」

空中で二つに分かたれたランディープが、濡れた雑巾のようにべちゃりと無造作に地へ堕ちる。

これは流石に仕留めたのでは⁉

「ウフフ」

――だが。

「今のは効きました。でも……」

半分に裂けたランディープは、その姿のまま平然と立ち上がった。

（うそだろ）

「わたし、ハーフスライムなのです」

悪い冗談も程々にしてくれ……！

第十七章 ◆ ありがとうの撃退

「ウフフ、〝ありがとう〟の時間はまだ終わりませんよ？」

うっとりと語るランディープが、これみよがしに体を濁った粘液に変えていく。

くそ、オーソドックスな人型だから癖のない種族かと思ってたのによ。

なんだよハーフスライムって。そんな種族知らねえ。

半分人間で半分スライムってか？

「今日はアリマさんがわたしの〝ありがとう〟を飲み込んでくれるまで諦めませんからね。

ウフフッ」

二つにちぎれ、どろどろと溶けかけている凄惨な姿のまま、熱っぽい視線とともに滔々と語るランディープ。

要するに殺害宣告ってことだよな？

というか普通、ありがとうのことを『飲み込む』とは言わないんだけどな。

こいつのありがとう観はどうなってるんだ。いやそもそもありがとう観ってなんだ。

クソ、頭がおかしくなりそうだ。

なんだよありがとうの会って。マジで意味がわかんねえ。

そもそもなんで俺こんなに目を付けられてるわけ？　さっきが初対面じゃん。

なんにもした覚えないいんだけど。

目の前のシスターがずっと嬉しそうなのも俺わけわかんないよ。

だが、泣き言いってもしょうがない。今は戦わないとどうしようもないんだ。

ようやく有効打が入ったんだ、このまま流れに乗って攻め切る！

「シーラ、念力いけるか⁉」

「向かって左だけ止めますわ！　長くは持ちませんわよ！」

溶け合い一つに戻ろうとするランディープの機械槌を握った側を念力で止めてもらい、俺は攻撃を仕掛ける。

身体が二つに千切れているんだ、戦闘能力は多少なりとも低下しているはず。

念力のサポートで武器も振るえない今がチャンスだ。

鋭く踏み込み、一息に剣を薙ぎ払う！

「ウフフ」

だが。

「いまのわたし、スライムですよ？」

「ああっ！　また俺の剣がッ!!」

ずぶずぶとランディープの体に沈み込んだ刀身は、振り抜いたときには溶けてなくなっていた。

このやろ、都合の良いときだけスライムになりやがって！

物理の効く人型と液状のスライム特性を瞬時に切り替えられるのか？

さっきまで物理効いてたんだから今も通用すると思うじゃん！

くそ、やられた。コイツのスライムボディにはそんな特性があったのか。

それに、またいつものだ。

俺の剣、踏み込みが深かったから刃の根元までなくなってしまった。

もう握りの部分しか残ってねえや。

シーラの念力の効果も途絶え、千切れていたランディープが元通り一つに融合する。

一気に畳みかけるつもりが失敗、武器まで失った。

ここは一度間合いを取って仕切り直さないと。

「軽率にこんな近くまできてくださって……。わたしうれしい」

「うぉわ、気持ちわりぃ！」

だが、距離を取る前にランディープは自らの下半身をも粘液に変え、俺の鎧に絡み付かせた。

俺の腰から下は完全にスライムと化したランディープの体内に取り込まれ、もはや動かせない。

まずい、これはやらかしたかもしれん！

危険を感じ自由な上半身で攻撃して振り払おうとするも、武器がねぇ！

迂闊に殴れもしない。ランディープの体内に腕が埋まったらどうする？

そのまま腕が溶けてなくなる可能性だってあるぞ。

この状況、どうすりゃいい……!?

「ウフフ、狂い果ててしまいそう……」

葛藤で判断が遅れ硬直した隙に、ランディープは頰を赤く染め粘液に溶けかかったベタベタの肢体を俺に密着させた。

機械槌をも手放してそのまま鎧の背後に腕を回し、彼女は俺を強く固く抱き締める。

あ。嫌な予感。

「わたしの心からの〝ありがとう〟、受け取ってくれますよね」

恍惚に蕩けた表情を浮かべるランディープ。

その端麗な顔が、頭部が、一瞬のうちに巨大でグロテスクな肉の壺に変わる。

壺の口が俺の頭に狙いを澄ます。内部でピンク色の肉塊がみちみちと蠢いているのがありありと見えた。

驚愕。そしてドン引き、恐怖。
ヤ、ヤバイ！　何をされるか分からんが凄くマズイぞ！
俺とランディープが半ば融合しているせいでシーラも手が出せねぇ！

俺ナニされるの!?

このまま俺〝ありがとう〟されるの!?

絶体絶命。

終わりを感じたそのその刹那。

背後から複数の飛来物。

シーラの熱線ではない。

飛んできたのは――トマトだ。

「……時間を掛け過ぎましたか」

無数に飛来したトマトは空中で捻じれ槍のように変じ、悉くがランディープへ殺到する。

ランディープは瞬時に元の女性の姿に戻り、傍らの機械槌を掴んで俺から素早く離れた。

ずっと喜色満面に彩られていた彼女の表情は、会って以来初めて至極不快げに歪んでいた。

「エヘヘ……。一応足掻いてみますが」

すぐさま駆けて避けようするランディープだが、大量のトマトはジグザグと軌道を変えながら超高速で追尾。

彼女の疾走でさえ回避が追いつかず、紅い槍と化したトマトは容易く彼女を地へと縫い付けた。

その力は強力で、スライムの身でさえ脱出は叶わないようだった。

「ぐぇ。……野菜は嫌いです」

「災難だったな。間に合ったようで何より」

音も無く俺の隣に並んだのは男前の美丈夫……ではなく、浮遊するトマト。

コ、コイツ発売前キャラクターヴィジュアルの！

見た目からは想像もつかない夏野菜のように爽やかな声帯の所有者だった。

何らかの形でゲームに登場するって話だったが、まさかプレイヤーキラーから守る為に駆けつけてくれるヒーローだったとは。

しかも凄く強い。あのシスター・ランディープをこんな一方的に倒すなんて。

「言い残すことは?」

「――アリマさん」

地に伏せたまま、ふてくされていたランディープ。

だが俺を視界に捉えた途端、彼女の表情に光が満ちる。

憂鬱そうだった深海色の瞳が、再び爛々と輝きだした。

「わたし、ぜったいアリマさんに〝ありがとう〟をします。必ずですよ、諦めませんからね。ウフフッ」

ひぇ……。

バキバキに目力が籠った双眸で俺を射貫きながら告げるランディープ。

やめてくれよ……。いったい何がお前をそこまで駆り立てるんだ。

「では、死んでもらうぞ」

遺言を聞き届け、トマトがもう一つのトマトを地に伏せたランディープに投げ落とす。

放られたトマトは着弾の瞬間に黒い球に変化、ブラックホールのように全てを飲み込んだ。

トマトってなんだっけ。

「君たちも無事で何より。では私はこれで」

半ば茫然としつつも、その圧倒的な強さからトマト先輩にキラキラした視線を送っていた俺だったが、あくまでもトマト先輩は業務的。

ランディープの消滅を確認するとたちまち光に包まれて消えてしまった。

それに合わせ、虚空に開いた排水溝のような穴も閉じる。

汚染されていた地下水道の景色は、汚泥の供給を失い元通りに浄化されていった。

「……嵐のようでしたわね」

「ああ……。一度拠点まで引き返そう」

「賛成ですわ～……」

どっと疲れた。

土偶のシーラもたぶん同じ気分だろう。

俺も下半身をランディープに飲み込まれて抱き着かれた際に、だいぶ鎧を溶かされてしまった。

ＨＰの減少も少なくない。今回の攻略はここで打ち切りだ。

ハァ、濁り水を倒して順調な攻略に喜んでいただけなのにな。

なんかきもち悪いシスターが割り込んできたせいで台無しだよ。

第十八章◆ありがとうの会合

四方八方から腐った泥水の流れ着く、どことも知れぬ汚らわしい吹き溜まり。

そこでは、イカの頭部を持った神父が教えを説いていた。

「良いですか？　浸食に成功しターゲットを発見したら、早速ありがとうを言いましょう。顔を見たら、まずはありがとう。これは基本ですが、大切なことですからね」

神父が語る。

それは、ありがとうの極意である。

殺しに感謝は不可欠であるからして。

「一にありがとう、二にありがとうです。大切なのは口に出すことですよ。何に対してのありがとうかは、あとで考えればよろしい。たとえどんなに強情な方が相手でも、相手が受け容れてくれるまでありがとうを続けていれば、いつか必ずわかってくれます」

神父が語る。

それは、プレイヤーキラーの心意気である。

まともなままでは、人を殺すのも躊躇われる。

たとえフリでも、まずは狂うことから始めるのだ。

「行き場のないありがとうを告げることに、初めは罪悪感を感じることもあるでしょう。でも大丈夫です。それは誰もが通る道。始まりは言い掛かりでも、ずっとありがとうを言い続けていればやがて本当のありがとうを見出すことができますからね」

神父が語る。

それは、本当の狂気への萌芽である。

良否はさておき、ときに偽物が本物の境地に至ることがある。

このゲームにおけるＰＫ行為【浸食】はときにボランティア活動などと揶揄される。

理由は単純で、実行者のメリットが乏しいからだ。

【浸食】は呼ばれてもいないのにダンジョン攻略中のプレイヤーのもとに割り込み殺しにかかるアクション。

言ってしまえばダンジョン攻略中のプレイヤーにサプライズを仕掛けて楽しんでもらう慈善活動。

ゲームに用意されたシステムでプレイヤーを盛り上げようとしているのだ。

だが、【浸食】はいかんせん押し付けがましい。

ダンジョンの攻略に緊張感が生まれると好意的な態度を取る者もいれば、迷惑行為の烙印を押して徹底的に嫌悪する者もいる。

結局やっていることはプレイヤーによるプレイヤーの殺害。

なので、思惑はどうあれ実行者の風評が地に落ちる。

当然、被害者から心無い罵詈雑言を浴びせられる。

邪魔しやがって、お前のせいで、殺してやる。

ゲームの恨みは恐ろしい。本当の人間から直の怨嗟を、感情をぶつけられる。

それが本懐、その為のプレイヤーキラー。

……そう言い張れる者は、多くない。

本当のＰＫ狂いでもなければ、到底やってられないだろう。

——だから彼らは、狂気を装うことにした。

というのがおでかけ用の言い訳。

それは【ありがとうの会】のほんの一面であって、実情は異なる。

本質はそんな小難しい話ではない。会の起こりは至ってシンプル。

『ありがとうって言いながら殺しに来たらおもしろくね（笑）』

これに尽きる。

そんなＩＱ３程度の悪ノリと悪ふざけで始まったのが【ありがとうの会】だった。

だが神父は、だからこそだんだん会が手に負えない感じになりつつある現状に焦りを感じていた。

「……おや。誰か帰ってきましたね」

イカ頭の神父が傍らの床にある黒い穴に目をやり、一時説法を取りやめる。

視線の先にあるのは、ドブのような黒い何かが断続的に噴き出すマンホール。

動きが活発になったマンホールから、泥の塊に身を浸しながら這い上がってきたのは一人の修道女。

つい先ほどトマトに敗れた人物、シスター・ランディープであった。

彼女はまさに神父の悩みの種そのものだった。

黒いプレイヤーネームを持つ彼女は〝狂ったフリ〟のこのギルドに参加し、本当の狂気に至った一人である。

ほとほと困り果てたのは神父のほう。

明らかに彼女のほうに素質があったとはいえ、彼女はこの【ありがとうの会】と悪魔的融合を果たしとてつもないモンスターと化してしまった。

それには神父もまた強く責任を感じる所である。とはいえ、これは自分で始めたロールプレイ。

神父も今さらやっぱなしとはいかないのだ。

「おお、シスター・ランディープ！　あなたは今日が初めての〝ありがとう〟でしたね。どうでしたか？」

絶対にありがとうをお渡ししたい方に出会えました。

「ウフフ。とっても素敵な出会いでしたわ、神父さま」

ランディープは言いながら、直前の敗北を物ともせず立ち上がる。

彼女が頭から被った黒い泥は油が水を弾くようにずるずる下へ下へ流れ落ちていく。

前向きな言葉を告げるランディープだが、その笑顔は晴れやかとは言い難い。

思い残したことがあるからだ。

「でも……。とっても素敵な方だったのに、〝ありがとう〟のお渡しは失敗してしまいました」

「そう気に病まないで。それは無理もないことです。あなたはまだ、〝ありがとう〟を始めて間もないのだから」

「ウフフ。でも、神父さま。わたし、本当にお礼を言いたい方に出会ったことで、やっと〝ありがとう〟の意味がわかったの」

「お、おお。シスター・ランディープ。それは素晴らしいことですね」

うっかり言葉につまる神父。神父は内心で思う。ありがとうの意味ってなんだよ、と。意味なんてないよ。だって意味不明で相手がビビるかなって思って適当に言ってるだけなんだもの。

そういうつもりでずっとやってきたんだから。

「はい。わたしあの人の為に、これからもっともっと上手に〝ありがとう〟を渡せるよう努力しますわ」

祈るように両手を組み、ランディープは決意を新たにする。

その頬は恋する乙女のように赤い。

「待っていてくださいね、アリマさん。わたしいつの日か必ず、アリマさんがどんなに嫌がってもどんなに抵抗しても、ぜーんぶ力ずくで捻じ伏せて〝ありがとう漬け〟にしてさしあげますから……！」

明るい未来を思い描き、呼吸を荒げながら希望に胸を膨らませるシスター・ランディープ。

その熱量を間近で受けた神父は、静かにドン引きしていた。

「ウフフフッ……！」

どうしよう。神父は頭を抱えたくなった。
【ありがとうの会】の活動は今日も続く。

第十九章◆一時撤退

「どうしました？」

「いや、悪寒がすごくて」

なんか急に背筋に氷柱を突っ込まれたような恐怖感が突然。

なんだか〝ありがとう〟の幻聴が聞こえてきそうな……。

心配だな。体調不良とかじゃないといいけど。

あの場で話し合った通り、俺たちはダンジョンを引き返した。

ほぼ無傷のシーラだけがダンジョンに残る手もあったが、彼女にその気は無かった。

多分、手負いの俺が安全が戻れるようにという気づかいもあったのだろう。

人情味のある選択に感謝。シーラには素直にありがとうと告げたのだが、直前の出来事が出来事だったので嫌そうにしていた。

ひどい。

帰り道でシーラに聞いてみたが、あれは【浸食】というＰＫのシステムらしい。

ダンジョン攻略中の誰かの所へワープという形で強引に割り込み、空間を逃げ場のないファイトリングのように閉じた状態でぶっ殺しに来るそうだ。

ランディープが辺りを見て『知らない場所』と言っていたように、浸食が未踏のダンジョンでもワープしに来られるらしい。

独占状態のこのダンジョンでなぜプレイヤーキラーがと思ったが、そういうカラクリだったようだ。

「で？【ありがとうの会】の襲撃から生き残ったんだろ。やるじゃねえか」

「ああ、最悪な目に遭わされた」

そして、俺たちはダンジョンで何があったかをドーリスに説明している最中だった。

ダンジョンの攻略中に発生した諸々はドーリスに報告することになっている。

彼としても準備万端に送り出した二人が心身ともにげっそりして帰ってきたのだから、何があったかくらい知りたいだろう。

「だが、溶解か。知らねぇ手口だな。会に新入りが入ったか」

「シスター・ランディープって名前だった。修道服の」

「自らをハーフスライムと仰っていましたわね。器用に人間形態とスライム形態を使い分けていましたわ」

シーラが俺の説明を補足してくれたが、俺が苦汁を飲まされたのはまさにその内容。序盤は物理が効く様子だったが、後半で正体を現してからはずっと向こうにペースを握られていた。

俺みたいな物理一辺倒じゃかなり厳しい相手だった。

種族のアドバンテージを一方的に押し付けられる相性不利のしんどさを学ばされたな。

濁り水を相手にしたときもそうだったが、プレイヤーという中身入りの存在と対峙したことで、改めてその恐ろしさを味わった。

ああいった特殊な防御系の敵は今後も登場するだろう。

奴らに通用する属性攻撃の習得は急務だ。

得意とまではいかずとも、せめて俺一人で相手できるようになりたい。

「ハーフスライムぅ？　あの種族に使い手がいるのか。耳を疑うぜ」

「そんなに癖のある種族ですの？」

「なまじ人の状態があるせいで、自分の体が溶ける生理的嫌悪感が酷くてマトモに使えねえって評判だよ。聞けば、腹からはらわたが零れ出すような感触らしい」

うわ。聞いてるだけで気持ち悪いぞ。想像もしたくない。

無駄に肉感的な表現をしないでくれ。

想像を頭から追い出そうとして、一つ気になることを思い出した。

ランディープのネーム表示だ。皆既日食のような異様な表示だった。

あれは一体なんだったのか、この際だからドーリスに聞いてみよう。

「ソイツ、名前が黒地で白く光る妙な状態だったんだが、アレはなんなんだ?」

「馬鹿お前、それを早く言え。このゲームにゃ【忘我】ってシステムがあんだよ」

ホウレンソウの欠如によりドーリスからお叱りが飛んできてしまった。

多分これ、シーラも俺が知ってるものだと思って説明を省いたパターンだ。

ドーリスもそれを察したようでシーラに向けもの言いたげな視線を送るも、直立不動の土偶はそれを知らんぷりした。

ドーリスは深くため息をついて、ガシガシと頭の後ろを掻きながら俺に説明を続けた。

「そのランディープってのは言わばキャラクターの亡骸だ。放棄されたキャラの中には、稀に主も無く動き出すやつがいるんだよ」

「え、こわ……」

「連中はNPCだが、俺たちプレイヤーと同じ立場でゲームと関わる。ダンジョンを攻略したり、ギルドに所属したりな」

なにそれ。自分の作ったキャラがゲーム内で勝手に動き出すって怖すぎませんかね……。

頻度がどれくらいかはわからないけど、プレイヤー本人がゲームに飽きるか辞めるかしてキャラを見放しても、クリエイトしたキャラはゲーム内で生き続けるのか。

画期的なシステムにも思えるが、どこかうすら寒いものを感じるな……。

「【忘我】したキャラの性格はクリエイト時に設定した【最後のよすが】が関わってるっつう説が濃厚だな。どんなやつだった？」

「マトモとは到底言い難い人物でしたわ。ですよね、アリマさん」

「あまり思い出したくない」

「その様子じゃ目を付けられたか？　ヒヒ、ご愁傷様だな」

俺はあのシスターがリアルの人間じゃなくて良かったと安心する一方で、あの振り切った狂気に今後も付き合わされることに絶望を感じた。

ランディープを生み出したどこかの誰かさんは、彼女に一体どんなキーワードを与えやがったんだ？

とんでもない狂人が爆誕しているんだぞ、責任とりなさいよ。

ドーリスも何がご愁傷さまじゃい他人事だと思いやがって。

ああシスター・ランディープよ、どうかあの発言の悉くがただのリップサービスであってくれ。

あんなテンションで付き纏われたら俺の心臓がいくつあっても持たないよ……。

というかあれだけの激闘の中で、徹頭徹尾ただの一度もシーラに目を向けてないのが怖すぎる。

数的不利を背負っているなら多少強引にでも後衛を先に倒したくなるだろうに、最後まで完全無視。

終始俺だけをガン見していた。なんか思い出したら怖くなってきたな……。

「だいたいなんなんだよ【ありがとうの会】って……」

「要するに、同じプレイヤーを殺すことを目的としたＰＫ集団のギルドですわね」

「キャラが濃すぎるだろ」

もっとこうシリアルキラー的な、快楽殺人鬼みたいな雰囲気かと思うじゃん。

そしたら俺もまだ立ち向かいようがあるのに。

なんで俺は身に覚えの無いありがとうを言われなきゃならんのだ。

俺、夢に出てきそうだよシスター・ランディープが。

「連中、フリなのか本当に狂ってるのか定かじゃねえからなァ……」

「まあ相手をするこちらからしてみれば、どちらも同じ狂人ですわ」

率直に申し上げて、もう二度とお会いしたくありません。

ブロック機能とかでマッチング拒否とかできねぇのかな、このゲーム。

でもランディープなら仮にブロックしてもその機能さえぶち破ってニッコニコで馳せ参じてきそう。

ヤツには本気でそう思わせるほどの凄みがあった。

切実にやめてほしい。

「俺はこれから常に彼女のありがとうに怯え続けなきゃならないのか……？」

「まぁ、そうなりますわね」

「ご存じの通り、決着が着くまで逃げることもできねえからなぁ」

悪夢だ。

これじゃおちおちダンジョン内でスキル育成もできやしない。

次また目の前にあの汚らしい排水溝が現れたら俺、絶叫しちゃうぞ。

「そ、そうだ！　助けに来てくれたトマトはなんだったんだ？」

ふと思い出し、縋るように名前を口に出す。

俺の希望、トマト先輩。

最初に発売前ビジュアルでその姿を拝見したときは失笑ものだったが、今ならもう拝み倒す。

「あのトマトは洗浄者ってサブ職業を持ってる。誰かが汚染によって区画を閉じると、そこに更に割り込んで汚染の元凶を叩きに来るのさ」

「ご覧になったとおり、NPCでありながら現状トップクラスの実力ですわ」

何も知らない俺に、二人が丁寧に説明してくれた。

なるほどね。その洗浄者ってサブ職業がプレイヤーキラーに対しての抑止であり、被害者にとっての救済措置なんだな。

浸食で割り込んできた奴のところに、後を追うように更にもう一度ワープで割り込んで来ると。

中でもあのトマトは最強の執行人ってわけか。

「だが、期待するなよ。必ず来るとも限らないし、洗浄者が実力者だって保証もねぇ」

「今回のケースはかなりの幸運でしたわね」

そうなのか。

洗浄者全員がトマト先輩級の強さではないんだな。

じゃあ今後また誰かに乱入されても、しっかり自分の力で退けられるくらいにならないとだな……。

ううむ、もっと強くなりたい。

「ともあれ、アリマさんがその様子ですから一度解散ですわね」

「ああ、すまんな」

「交通事故にあったようなものですわ。お気になさらず」

ポーションを飲んではい復活とならないのがリビングアーマーの悪いところ。継戦(けいせん)能力というか、戦線復帰能力に難ありだ。予備の鎧(よろい)でもありゃいいんだがなぁ……。

ともあれ、今回は出直そう。

第二十章 ♦ 調合依頼

エトナの作業場は、もはや俺の実家といっても過言ではないかもしれない。

それくらい通い詰めているし、入り浸っている。

今回もまた、防具の修復と武器の調達のためにエトナのもとへ足を運んでいた。

他のプレイヤーの拠点は大鐘楼の街らしいが、俺の拠点はエトナのいる場所だ。

だって俺ここでしかライフを回復できないんだもの。超がつくほどの重要拠点に決まってる。

武器にしたってそうだ。俺の初期装備の錆びた剣はレシーに斬り落とされたが、そうでなくても長くは持たなかっただろう。

必然、エトナに頼らざるを得ない。

たとえ失敗作と称されていようと、剣は剣。

温存しながらとはいえ、地下水道の攻略にも耐えうる性能だった。

まぁヤバいシスターの体内に溶けてしまったんだが。

まあそれはさておき、今回はいつもと違うことをエトナに頼まなくてはならない。

彼女は気難しいので、気分を害さないといいが……なんて心配しつつ俺は口を開いた。

「相談がある」

「聞く」

即答じゃん。

食い気味だったよ。逆に俺がビビってしまった。

あらかじめ声を被せようと構えていたんじゃないのかってくらい応答が速かった。

ちょっと言い出すの怖かったのに、想定外の反応。

用が済んだらはよ出ていけって言われると思って戦々恐々としてたんだからね、こっちは。

でも、エトナの様子は変わらない。いつも通りだ。

こちらを見向きもせず、熱した鉄を真剣に見つめながら金槌を振り下ろしている。

鍛冶の手は止めないが、聞く態度ではあるらしい。

「スライムが斬れなくて困ってる。どうにかしたい」

「どう、とは」

「実体を捉えられないやつも斬りたい」

濁り水だとかスライムみたいな、物理の通りが悪い敵への攻撃手段がほしい。

特にシスター・ランディープみたいなのが強引に俺のもとにやってくるとわかった以上、自衛手段がないと心臓に悪すぎる。

無抵抗のまま死を受け入れるしかない、みたいな状況は勘弁だ。

「……」

それを聞いたエトナは作業の手を止めた。

珍しい、滅多なことじゃ作業なんて中断しないのに。

エトナは何かを考えこんでいるようだ。

ちょくちょく会話を交わしてわかったことだが、彼女は口数こそ少ないものの、話しかければ何かは返してくれる。

声を掛けても何も言わずに無視をしたりしない。だからきっと、彼女は今なにかを悩んでいる。

そして、それを口にしていいものなのか躊躇しているのだろう。

エトナ一級鑑定士の俺が言うんだから間違いない。

しばらくの逡巡ののち、エトナが俺を見る。

彼女のたった一つの大きな瞳は、珍しく迷いに揺れていた。

「持ってる素材、全部よこして」

「わかった」

即答だ。聞き返しもしない。

所持品を全部エトナに譲（ゆず）った。

全部だ。全部。言われるがままに地下水道の敵のドロップ品から宝箱の中身まで全部エトナに渡（わた）した。

おかげでメニューの所持品がすっからかん。

いやぁ、話が早くて助かるぜ。

「……これで武器に塗布（とふ）する刃薬を作る」

「ほう」

「でも、今の私だと何ができるかはわからない。失敗するかも」

「いい、任せるぜ」

まあいい感じに何かできるだろ。

ダンジョンの宝箱からは鉄くず以外にもなんか黒い粉とか出てきたし、それっぽいのが作れるんじゃないか？

「もしも失敗したら――」

「好きにやれ。素材はまた集めりゃいい」

「……わかった」

不安げにしていたエトナは、俺の言葉を聞いてしずしずと頷いた。

どうせ貴重品なんかひとつも混ざってないだろ、知らんけど。

俺の持ってた素材アイテムなんて、ほとんどが地下水道の浅部を練り歩いて集めたものだ。

ま、もし失敗に終わってアイテムが全損しようが構わん。エトナに言った通り時間を掛けてまた集めればいいだけの話だ。

ダンジョンに入り浸ることでまた誰かに邪魔をされるリスクはあるが、負けて武器防具がぶっ壊れてもまたエトナに直してもらえばいいしな。

俺の言葉に彼女も覚悟を決めたらしい。エトナが山盛りの素材を抱えたまま工房内をトタトタと歩き回って様々な道具を揃えていく。

手伝おうと声を掛けようか迷ったが、仕事に取り掛かったエトナの邪魔をするべきではない。

俺は口をつぐんだ。

あれこれと甲斐甲斐しく手を出し始めたら、それこそ信用してませんって言ってるようなもんだ。

俺はなおも不安げにしているエトナなんて見て見ぬフリして、全部任せて黙って待っときゃいい。

それが務めみたいなもんだろ。

とかなんとか思いながら、それはそれで何をするのかは気になるのでエトナの作業を眺めていた。

素材を石で磨り潰したり、壺の中に入れて水と混ぜたり、火を掛けた釜の中でぐるぐる混ぜたり。

エトナはわちゃわちゃと慣れない手つきで慌ただしくああでもないこうでもないと試行錯誤していた。

不慣れゆえか、おっかなびっくり作業を進める後ろ姿は常に一心不乱に鉄を打つ普段のエトナとはまったく違って見える。

だが、そのひたむきな姿勢は変わらない。その姿を知っているから、俺は彼女に全幅の信を置けるのだ。

そうして、エトナの作業を見守ることしばらく。

「なんかできた」

やがてエトナが両手に抱えて持ってきたのは、数十もの小瓶。

中には色とりどりの液体が詰められている。

「効果は？」

「保証できない」

おおう。エトナに珍しく弱気なセリフ。

でもまあ、素直に告白された方がウソをつかれるよか百倍マシだしな。

「ただし武器に塗れば、必ずなんらかの力は宿る」

「十分だ」

じゃあ問題ないじゃん。

たぶん効果がランダムというか、使ってみるまで分からないってことだろ？

俺としちゃ属性がなんであろうと不定形の敵にダメージが通るんならそれでいい。

ゆくゆくはそれじゃマズイかもしれんが、有りあわせの素材でこれだけの力が手に入るなら安いもんだ。

「それから、刃薬の効果は永続しない」

「そうなのか。心得た」

あくまでも一時的強化に過ぎないらしい。まあ贅沢は言えんわな。

だが、それで不足はない。ほんの一時といえど攻撃が効くようになるなら大違いだ。

いやはや、迷いつつもエトナに相談した甲斐があったな。

頼って良かった。

「助かったよ。また来る」

よし、地下水道にリベンジだ。

第二十一章 ◆ 地下水道、再攻略

「前と同じところまで来られたな」

「邪魔さえ入らなければ、特に苦戦もしませんしね」

土偶のシーラと再集合し、俺たちは再び地下水道を攻略していた。

俺がエトナのところで準備を行っている間シーラを待たせる形になってしまったが、彼女は彼女でやることがあったようだ。

具体的には、この地下水道で見聞きしたものを【生きペディア】に保管するための編纂作業があったらしい。

熱心なことだ。ドーリスにも思ったことだが、プレイヤーが違えばゲームの楽しみ方もまた異なる。

同じゲームを遊ぶにしても、どこに楽しみを見出すかは人次第ということらしい。まさに十人十色というやつだな。

「ここから先は、もう事前情報なしだ」

「ダンジョンの中層になりますか」

「濁り水も増えてきた。敵の顔ぶれも変わってくるかもしれん」

「今の所は雑魚(ざこ)ばかりですけれど」

言いながらシーラが濁り水を蒸発させる。

すごく手際が良い。苦戦要素なしだ。

この分なら濁り水が他のモンスターとセットで来ても対応可能だろうな。

「この先も対処しやすい相手であればいいんだが」

遅(おく)れて駆(か)けつけてきたヒトネズミに飛び蹴(げ)りをかまして撃破(げきは)。

現状、負ける要素はない。

「アリマさんも属性攻撃の手段を用意できたということですし、何とかなると思いますわ」

エトナに用意してもらった刃薬の存在は、シーラとも共有してある。

だが刃薬はあくまで保険として扱(あつか)い、液体系の対処はシーラに任せることにしてある。

刃薬は有限のリソースだからな、温存させてほしいと頼んだ。

せっかくエトナに作ってもらったとはいえ、必要に迫(せま)られない限りは使わん。

「ふむ。アリマさん」

「どうした?」

「フィールドの雰囲気が変わりました。気を引き締めてください」

言われてみれば、確かに地下水道の雰囲気が少し違う。

雰囲気というか、景観？

今まではずっと直線的な通路が続いてきたが、この辺りは道も広いし照明も多い。

「このゲームはですね。特別な敵には特別な舞台が用意されていることが多いのです」

「つまり、ボスとか中ボスとかそういう系統のを言ってるんだな？」

「ええ。警戒するに越したことはありません。思い過ごしであれば、それでよいのですから」

自力では気づけなかったが、確かにフィールドの感触がこの辺りから露骨に違う。

ややメタ的な感想になるが、戦闘しやすいように整えられている感じがする。

「広くて平坦で、戦いやすく整えられた場所。そんなロケーションが突如として現れたなら、それは疑って然るべきですよね？」

「……ああ、まったくもってその通りだと思う」

今までとは違う『強い敵が出てくるかもしれない』という想定を持って、再びシーラと前に進む。

通常のゲームとVRゲームにおける結構な違いは、ここにあるのではと俺は最近思っている。

要するに自分の想定とか覚悟の有無とかで、動きがかなり変わってくるのだ。

「備えというのは大切ですものね。物にしても、精神にしても」

「ああ、没入型のゲームは始めたばかりだが、心の準備がどれほど大切かは何度も痛感した」

「おや、今さら言われるまでもないことでしたか」

「不意打ちで何度も痛い目に遭ってきたんだ」

特にゲーム開始直後とかな。めちゃくちゃ強い帽子女が斬りかかってきてひどい目に遭ったんだ。

今までのゲームは、手にコントローラーをもって指先でボタンやトリガーを引いて操作していた。

だが世界に没入して自分自身が戦いに身を置くとなると、心構えがたいへんに重要なものであると俺は実感させられた。

これまでの経験則だが、俺は不測の事態に直面したとき、その動揺が下半身にかなり出る。

下半身というのはつまり、腰とか足のことだ。

ビビって硬直してすぐに動けなかったり、足さばきがまごついてしまうことがある。

事前に何か起きるかもしれないという心構えの有無だけで、ここにかなりの差が出るのだ。

多少の個人差はあれど、これはほとんどの人に共通するのではないだろうか。

交通事故に遭ったときも、想定外の危機に身が竦んでしまって避けることすらできないということも珍しくないそうだ。

突然の出来事に対し、手元のコントローラーを操作してゲーム画面の中で対処するのと、その場に立っている自身が対処するのでは、やはり違う。

逆にいえば、たとえ何が起きるか分からなくとも、心の準備さえできていれば人間は咄嗟に行動に移すことができたりするものだ。

「アリマさん！」

「予想的中か！」

前触れもなくバシャァン！　という強い水飛沫の音を伴って正面の床が破裂した。

道路でもあるまいし、地中の水道管が破裂しただけなんて間抜けな想像をするやつはいないだろう。

「また液状の敵か！」

「様子がおかしいです。早まらないで！」

地下水道のタイルを突き破って噴出した水は、濁り水と同じく緑色の苔のような内容物が満ちていた。

しかしシーラの言う通りなにやら挙動が違う。

距離を取りながら様子を窺っていると、濁り水はみるみるうちに人型を象り、ついには安物の甲冑の輪郭を取った。

「って俺じゃねえか⁉」

「コピータイプですか。上位互換じゃなければ良いのですけれど」

「これはシーラがコピーされなくて良かったと思うべきか……？」

相対する濁り水は鏡映しのように俺にそっくりの姿を取っている。自分で言うのもなんだが、相手は地に足付けて戦うオーソドックスなスタイルだ。

浮遊しながら超火力のレーザーを発射してくるシーラよりかは戦いやすいし、想定外の事故も起きにくいはず。

だが、だとしても脅威は濁り水と比べ物にはならない。

まず両足で立っているから、這うしかなかったときより移動能力が高い。

鎧の姿に関しては単なる造形だからいいとして、剣という攻撃手段が増えている。体当たりしかしてこなかったころとはリーチも複雑さも段違い。危険度は雲泥の差といっていいだろう。

「さっきまでの濁り水とは一緒だと思わない方がよさそうだな」

「ですが基本のフォーメーションは一緒です。隙を作っていただければ、私が焼き尽くしますので」

言うや否や即座にシーラがビームを照射するが、コピー体は当然のように避けてシーラに肉薄しようとする。

俺はその進路を阻むように立ち塞がって斬りつけるが、もちろん俺の剣は水の身体を通り過ぎるばかり。

であればエトナに調合してもらった刃薬を使用すべきかと思ったが、塗布している最中に通り抜けられたらシーラを守り切れない。

しくじったな、戦闘が想定されるなら予め使っておけばよかった。

敵が出なかったら無駄になるしなぁ……なんて貧乏根性が完全に裏目に出てる。

しかもこのコピー体、俺を無視して背後のシーラに行く気がマンマンだ。

今の俺では有効打を与えられないことを理解しているのかもしれない。

「くっ、絶妙に聡くてムカつく水ですわね……！」

衛星のように俺の周りを周回してシーラが援護射撃をしようとしてくれるのだが、この水の分身体、常に俺を盾にするように回り込んでくる。

そんな真似を許してしまうのは、ひとえに俺がこの水に対して接触できないから。

攻撃で引き留められないから体を挟んで立ち塞がらねばならず、そのせいでシーラの射線を遮ってしまう。

一方通行の通路でしかない地下水道のフィールドが災いしている。

こんな状況で戦闘しても埒が明かない。いや、それどころじゃない。

「んっ⁉」

俺のライフポイントが突如として減少し始めたのだ。敵からの攻撃は食らってない。

「失礼、フレンドリーファイアですわっ！」

「オイっ⁉　洒落になってないぞ！」

犯人は背後からビームを照射しているシーラだった。

俺が必死に分身体を通さないようにしているせいで射線が被ってしまった。

「鎧が赤熱していますわっ、怪我や痛みは？」

「痛くないけどダメージはしっかり……いや、冷えたら回復するみたいだ！」

一度減少したはずのライフバーが、時間経過とともに元の位置まで戻っていく。鎧がビームを受けても外的損傷がないから回復するらしい。

「ならセーフですわね！」

「そうだけど釈然としねえな⁉」

無事だったからよかったものの、俺がリビングアーマーじゃなかったらどうするつもりだったんだ。まあ無事だからよかったんだけど。

「精度いいって言ってたのに！」

「それはあくまで的に当てる能力の話ですわ〜っ！」

「それは、……正論！」

射撃を的中させる能力と誤射を起こさない能力はまったく別だわ。

今回みたいに盾と的が直線にならんで、しかも互い違いになったりならなかったりする状況じゃそら誤射も起こるわ。

しかも相手が俺と背格好が瓜二つな分身体であるが故に、熱線による射撃角度も俺と一致してしまう。それに熱線は軌道が残る関係上、後から俺が射線に立ちふさがってしまう可能性も高い。初めてのトラブルだが、このままじゃ何度も同じことが起きるぞ。

完全に堂々巡りだ。しかも足を引っ張ってるのは俺。

対策として攻撃手段を用意したにも拘わらず活用できていないという情けない現実もセットだ。誤射だって俺が直接攻撃できたら未然に防げた。

この際ダメージを与えられなくてもいいから何かこいつを足止めする手段があれば……。

いやダメだ。そんなものはない。

こいつの攻略法は通常の濁り水で散々試した。そのうえで、自力ではどうすることもできないという結論を出したじゃないか。

……また撤退するのか？　それは嫌だ。

いつまでも同じ場所で足踏みをしていたくない。

だが、俺にはどうすることも……。

「いや待てよ？」

今一度、目の前で相対している水の分身体を見る。

こいつは明らかに濁り水の上位個体ないし派生モンスター的な位置づけ。

だが、濁り水と違うところがある。濁り水という存在の特性をまるごと引き継いでいるわけではない。

ならば、そこに活路があるのではないか。

「ものは試しだ！」

掴むのは、剣ではなく己の頭。

リビングアーマー故に着脱自在の頭部を使って、バケツさながら目の前の分身体の足を掬う。

すると分身体は見事に膝から下の身体を失い、前に倒れた。

「やっぱ行けたか！」

「見事な機転ですわ～！」

分身体の転倒を確認したシーラがすかさずビームを照射。煙が噴き出して蒸発し、分身の身体がどんどん崩れていく。

焦った分身が他の部位が欠落するのも構わず足を再生させていくが、俺も対抗するように自分の片腕を引っこ抜いて奴の足の水分をもう一度掬って奪う。

通常の濁り水と、この分身をしてくる個体の最大の違い。それは所定の形状を保とうとすることだ。

元来の濁り水に兜をバケツにして掬おうとしてもうまくいかなかった。

それは濁り水が完全なる不定形で、掬ったあとの水飛沫になったって変わらずに攻撃してきたからだ。

そもそも掬ったって何のダメージにもならないんだから、シーラが背後に控えているからこそできた戦法。俺一人じゃ意味がなかった。

足を失った水の分身体は、単なるでくの坊と同じ。普通の濁り水よりも容易に処理することができた。

本体を撃破したあとにバケツに使った兜の分もひっくり返して焼き尽くせば、難敵に思えた濁り水の分身も無事撃破だ。

「ふう。厄介な敵に思えましたが、見事な対応でしたわ、アリマさん」

「先にソロで試行錯誤してたのが功を奏した。うまくいってよかったよ」

「お互い無傷で切り抜けられましたし、せっかくですからこのまま先に進みましょうか」

「そうだな、そうしよう」

今のは位置づけとしては、いわゆる中ボスにあたったのだろうか？

出現方法にそれなりの演出もあったし、このあと雑魚的感覚で平然と出現するとは考えにくい。

まあもしそうだったとしても、シーラとパーティを組んでいるうちは攻略手段が確立しているし問題ないか。

「おや。早速新手ですわ、アリマさん」

とかなんとか言いながら進んでいたら、さっそく新種のモンスター出現。

ヒョロっと長くてトゲトゲしたデザインの、灰色をした騎士の石像。

だが妙に動きが鈍臭く、直立の姿勢でゆっくりと歩みを進めてきていた。

「とりあえず照射ですわ～」

様子見も兼ねてシーラがビームを発射。

騎士の石像は避ける素振りすらなく、無抵抗のまま熱線を受けた。

「ううん。ダメージの通りが悪いですわ」

「今度は特殊攻撃耐性か？」

熱線を突き刺すことしばらく。石像は表面に焦げが付いた程度で、ちっとも効いた様子がなかった。

向こうの動きが遅いから間合いを取り続けてひたすらビームは撃てるだろうが、これじゃ埒が明かないな。

「とりあえず蹴ってみる」

「お願いいたしますわ」

シーラの了承を得てから石像に飛び蹴り。

石の体はさっきまでが嘘のように爆砕、すぐにポリゴンに変わった。

「おや。さしずめ物理が弱点といったところでしょうか」

「濁り水とは逆のパターンか」

「わたくし一人だとここまでが限界でしたわね」

豊富な攻撃手段か、パーティ編成。どちらかを用意しないと攻略が困難なダンジョンということらしい。

俺たちは忘れがちだが前半の疫病持ちたちのことを考えれば、生身の体を持つプレイヤーたちには遠距離攻撃も必須か。

最初の街、大鐘楼からの最寄りダンジョンというのに癖が強い。いや、だからこそなのか。

一人じゃしんどくても、種族という特色を持つプレイヤーたちで協力すれば進めやすい。そういうダンジョンの構造になってる。

俺とシーラが序盤の近接お断り地帯を無機物の体で無視できてしまったせいで気づくのが遅れたな。

その後も出るわ出るわ新エネミー。

より硬く素早くなった三つ目コウモリ、長槍で間合いを詰めてくる騎士の石像、水量の増えた濁り水。

明確に対策できてないまま先に進もうとするプレイヤーはここで死ねと言わんばかりの

面子。

だが、俺とシーラなら全て対応できる。

こいつらの特徴はもう一つあり、弱点を突ければ無力な雑魚にすぎないということだ。

マップの構造もそうだ。一本の通路が続く地下水道は戦いやすく撤退しやすい。

勝てない敵と遭遇したら引けるし、事前に視認もできる。

このダンジョンはきちんと初心者がこのゲームを学べるような構造になっていた。

知らずにぶちあたった当初は不条理に感じるのに、乗り越えてから見つめ直すと意図がよく考えられていたと分かる。

これは確かにトカマク社のゲームの特徴だ。

その後も苦戦することなくダンジョンの地図を埋め、モンスター図鑑の内容も充実させていく。

そして、俺たちは深部といえる領域まで踏み込んだ。

地下水道の最奥。ずしりと重厚な鉄扉を、側のクランクを回してゆっくり持ち上げていく。

さりげないけどこの扉も、人型じゃなかったら開けるの苦労しただろうな……。

扉の奥は、大型のポンプが上下する大広間。あちこちに巨大なパイプが張り巡らされている。

この感じ、要するに。

「ボスエリアだな」

血が滾る。

第二十二章 ♦ はじめてのボス戦

「何が出ると思う？」

「奇妙に思っていたことがありまして」

「聞かせてくれ」

ピストン駆動する巨大なポンプが立ち並ぶ大広間。

歩みを進めながら、俺はシーラの話を聞いた。

「清浄な地下水道に比べて、現れるモンスターに不潔さを象徴するような特性が付いてますわ」

「そうだな」

「つじつまが合わないと思いませんこと？」

「……言われてみれば確かに」

モンスター図鑑にあったように、地下水道のモンスターはほとんどが疫病やら猛毒やらを有している。

あのモンスター群が不潔な下水道に現れるのであれば自然だが、実際の地下水道は清涼(せいりょう)感の溢(あふ)れる美しい場所だった。

エリアとモンスターの関係がちぐはぐなのだ。シーラの言う通り、つじつまが合わない。言われるまで気づかなかった。

「なので、ここのボスにはその謎(なぞ)を解くヒントを期待しますわ」

この『Dead Man's Online』の世界を解き明かそうとしているとてもシーラらしい立場からのコメントで、彼女(かのじょ)は戦闘前の短い雑談を締めくくった。

さぁ、答え合わせの時間だ。

「上だ！」

俺たちの頭上。大口を開けた巨大なパイプから、滝(たき)のように水が放流される。

どばどばと音を立てて放流された水は、やがて集まり巨大な塊(かたまり)へと変じた。

「濁り水！」

「大規模個体といったところですわね」

デカい水。言ってしまえばそれだけ。

内部の苔(こけ)のような濁りが一致するので濁り水の同系統、ないしただの大容量版なんだろうが、これどうやって戦おう。

そんなことを相談する暇もなく、分裂して小さな塊となった濁り水が攻勢に出る。

「とりあえず始末しますわ」

シーラの眼光によって瞬殺。ダンジョン内で幾度となく行った流れだ。

すると、今度は更に多い数に水が分裂。

「片方は俺がやる」

シーラも同時に二体は対処できない。俺も濁り水との戦闘に参加する。

まさにエトナの刃薬の出番だ。

適当に刃薬を選び、新品の失敗作の刀身に垂らして塗布。種類は選ばん、どうせ全部なにが起きるか分からんからな。

さて、何が起こるかな。

「光った！」

無作為に選び垂らした刃薬は、果たして剣に青い稲光をもたらした。

すぐさま近くに寄ってきていた濁り水を斬り払えば、内部にテスラコイルのような電光が飛散し、濁り水は消滅した。

有効だ、当たり効果を引いたぞ。

「また新手ですわ！」

再び大水が体をちぎり複数の濁り水を呼び出す。

数は4体。すぐさま斬りかかって数を減らしにかかる。

土偶のシーラも念力とレーザーで濁り水を焼却、すぐさま打倒。

また大水が体をちぎる。大元の塊は僅かにサイズを縮めていた。

「ボスが縮んでるぞ、耐久連戦ってことか？」

「数が増えていってますわ、手間取ったら押し切られますわよ！」

濁り水の数は8。扇状に展開し前進してくる。

シーラの射線を塞がないように、右端の水から斬りかかり数を減らす。

今の俺の剣の状態なら濁り水を一撃で撃破できる。草でも刈るように薙ぎ払いながら進んで手早く始末していく。

「どうやらわたくしの方が狙われているみたいですわー！」

俺の最寄りの個体以外はシーラ目掛けて直進していた。浮遊するシーラは機動力に難がある。

念力で固定し焼き払うシーラの戦い方は、安全な一方でやや時間が掛かる。

安全で確実性のある戦法として頼ってきたが、敵の数が多い今は撃破に時間が掛かるため裏目に出ていた。

土偶のもとへ鞭のようにしなり飛び掛かる濁り水。

俺はそいつに向かって構え、【絶】で強引に近づいて蹴りで水を散らした。

物理攻撃はダメージにならないが、向こうの攻撃を中断させられる。一人で濁り水と犬のように戯れていて発見した性質だ。

「シーラを守るように戦ったほうが良さそうだな」

「お願いしますわ」

いやらしいことに、後衛を優先して狙う習性があるらしい。

分裂、さらに数が多い。16。

前衛の守りを物量で突破して陣形を瓦解させてやるという意志を感じる。

後衛が落とされれば、前衛はぐるりと囲まれて数の暴力に飲み込まれる。

前衛は後衛を守り、後衛は前衛の背中を守る。

基本に忠実でなければ、このボスは倒せない。

相手の陣形はハの字。開いた口をこちらに向けている。

さりげなくフォーメーションを組んできているのもいやらしい。

対処をしくじれば、後衛もろとも囲まれる。

「シーラ、横に回り込もう！」

「熱線で牽制しますわ、押してくださいまし！」

「ま、任された！」

シーラが薙ぎ払うレーザーで濁り水の前進をせき止める。

俺は押すの？　という動揺を飲み下し、その間に浮遊する土偶をオブジェクトのように手で押して動かす。シーラは素早く動けないが、俺が物理的に押してやれば話は別のようだ。

浮遊しているので持ち上げる必要もなく、すいすい動かしてやることができた。側面に回り込んだあとは、シーラを背後に控えさせながら押し寄せる濁り水を撃破していく。

広く展開されていれば囲まれていただろうが、俺たちはサイドを突いた。

さっきと同じく8体の相手を二回すればいい。

だが、ここで刃薬の効果が切れてしまった。思ったより効果が短い。

すぐに別の刃薬を剣に塗布する。

ぽこっ。

剣の切っ先にコスモスの花が咲いた。

「遊んでいる場合じゃなくってよ!?」

「すまん！！！」

エトナ。効果は保証できないって言ってたけど、これは困るって。

第二十三章◆ボス戦後半

剣先に芽吹いた花。これでは戦えない。

慌てて別の刃薬を使用しようとするが、【使用不可】のエラーメッセージ。

上書きはできないようだ。効果が切れるまでこれで戦わなくてはならないらしい。

うーん、絶望。

半ばヤケになりつつ迫りくる濁り水を薙ぎ払えば、なんと濁り水の体積が減った。

「意外といけるかもしれん！」

なんと攻撃が効いた。

どうやらこの花が水分を吸ってダメージを与えているようだ。

でもこれどういう分類のエンチャントになるんだ……？

いやこの際そんなものはどうだっていい。戦えるならそれで充分だ。

だが、先ほどの雷のようにはいかない。二度三度と斬りつけてようやく1体撃破できた。

やや手間取りつつ、総数16体の濁り水を打倒していく。

背後を気にしなくて済むので、じりじりと後ろに下がりながら確実に撃破することができた。

陣形への対応をミスってたらここで終わっていたな……。

「さぁ、次の形態は……？」

「順当にいけば32体ですが」

ぷるぷると震える親玉の濁り水。

ぶるりと振動し、大量の濁り水へと分かたれた。数はわからんが今のルールだとおそらく32体。

大玉の部分は残っていない。これで相手のリソースは全てだ。

「これが最後の姿か」

だが、様子がおかしい。

攻めてこない。一か所に固まったまま散開しないのだ。

どういうつもりなのかと近寄らずに睨んでいると、濁り水に動きがあった。

「ウニみたいになったぞ」

「なるほど。ファランクスですわね」

ファランクス。なんだそれは。

どこかで聞いたことのある横文字だが。

いまいちピンと来てない俺を見かねて、シーラがすぐ解説してくれた。

「要するに防御陣形(ぼうぎょじんけい)ですわ」

「じゃあ攻めてこないのか？　面倒(めんどう)だな」

ジッと亀(かめ)のように閉じこもり、鋭(するど)い触手(しょくしゅ)を放射状に伸(の)ばしたまま動きを止めてしまった。

棘(とげ)のような水は激しく伸縮(しんしゅく)を繰(く)り返している。近寄れば針のような水が牙(きば)を剥(む)くだろう。

これではおいそれと近寄れない。

直接斬りつけるしか攻撃手段を持たない俺では、手の出しようがないぞ。

「であれば、わたくしは好き勝手やらせていただきましょうか」

言うや否や、シーラが目元に光をチャージしていく。

「アリマさんは有事に備えて側に控えていただけますか？」

「承(うけたまわ)った」

シーラは俺にそれだけ告げると、浮遊をやめて地上に足を付けた。

辺りの空気中に蛍(ほたる)のような燐光(りんこう)が浮(う)かぶ。その光は、じわじわと時間をかけてシーラの両目へと集結していった。

1秒、5秒、10秒、30秒……。

通常の戦闘のさなかではまず不可能なほど、シーラはじっくりと時間をかけて光を溜めていく。

その間もウニと化した濁り水に動きはない。ウニウニ蠢いてるだけで、前に進む素振りさえなかった。

このままチャージして撃破できるのではないか？

そう思った直後。

「上だ！」

ここにきて環境の変化。

はじめに濁り水の大群が現れた巨大パイプから大量の水が流れ出す。

滂沱の如く流れ出すそれらは、濁流となって俺たちを押し流さんと殺到してきた。

「掴まってくださいまし！」

「おう！」

慌てて浮遊を再開したシーラに飛び乗り、しがみ付く。

大きくくびれた彼女の土偶体型はとても掴まりやすく、安定していた。

体表に複雑な文様が走っているので足を掛けやすく、指も嵌りやすい。

咄嗟だったので全力で抱き着いてしまったが、あとでセクハラとか言われませんように。

そうしているうちにも足元を大量の水が激流となって流れ出ていく。

この流れに呑まれれば、フィールド外縁の溝まで押し流されていただろう。

そうなったら死か、あるいは気絶は免れまい。

一度川に流された経験があるからわかるが、この水の流れに抵抗はできない。

シーラがいて助かった。

一人だったら、たぶんここでもやられていたんじゃないかと思う。

――そして、チャージ開始から一分経過。

「発射」

「まぶしっ」

閃光、着弾、大爆発。

濁り水のファランクスはミサイルを撃ち込んだように爆炎と土煙をあげる。

煙の晴れたあとには、もはや濁り水の姿は跡形もなかった。

天井から流れ出した水も止まる。

ボスエリアから、戦闘の気配が消えた。

「……倒したのか」

「そのようですわ。存外あっけなかったですわね」

シーラから飛び降り、戦場を確認する。

なんというか……倒した実感が湧かない。

いや、癖のある厄介なボスなのは間違いなかった。

だがなまじオーソドックスなボスだっただけに、直前に立ちはだかっていた変態思想のシスターにインパクトで負けているというか……。

しかし俺のアイテム欄には確かに撃破したことを告げるように、ドロップアイテムが届いた。

本当にこのボスはこれで終わりのようだ。

第二形態とか、真の姿とか、そういうのはなかった。

手に入ったアイテムは、おびただしい数の【濁り】。

濁り水を倒したときのドロップ品と同じだ。

せっかくのボスなのにドロップアイテムもあんまし旨くねぇな……。

こう、強そうな武器とか、特殊効果のある装飾品とか貰えませんかね。

最初のダンジョンで高望みしすぎ？　はい。

これらはあとでエトナに渡して刃薬にでもしてもらうか。

「アリマさん、釈然としませんか？」

「……シーラもそう思うか？」

どうやらあっけなさすぎると思ったのは俺だけではなかったようだ。

最初の街に隣接するダンジョンだからこんなもんかと一人納得しかけていたが、シーラという先輩のプレイヤーからしてもここのボスにしてはボリューム不足に感じられるようだった。

「この部屋に入る前にした話を覚えていますか？」

「ああ、エリアと敵の特徴が合致しないって話だったな」

「そう、それ」

このボスエリアに入る前、確かにシーラとそんな話をした。

地下水道の景観は清浄で美しいが、その割に現れるエネミーに不潔な印象が強いというものだ。

「ですが先ほどの濁り水の巨塊もその原因を特定するに至らなかった。そうですね？」

「確かにそうだが、何が言いたいんだ？」

「つまり、このエリアのどこかに本当の元凶がいるのではないかと思うのです」

「このエリアのどこかに？　だが、ボスは倒したばかりじゃないか」

「このゲームには、ときおり隠しボスがいるのです。せっかくだから探してみましょう」

今のボスはあっけなかったが、それでもきちんとボスとしての威厳はあったぞ。

ボス部屋という専用フィールドも用意されているし、形態変化に加えて洪水というステージギミックまであった。

半信半疑な俺とは別に、シーラは明らかにこのエリアに更なる敵がいることを確信している風だ。

「隠しボス……と言われてもな。そんな奴が隠れられそうな場所はないぞ」

辺りを見回したって広場があるだけ、外周の崖下の水場にサメやらなんやらがいる気配もないし。

「あるではないですか。ほら、上。あそこですわ」

「上……？」

シーラに促されるまま顔を上に向けると、そこにはあの巨大な濁り水が出現した大きなパイプがある。

戦闘中に濁流を流してきて妨害してきたのも、そういえばここからだった。

「あれ、怪しいですよね？」

「……怪しいな。すっかり忘れていたが、言われてみれば確かにあそこめちゃくちゃに怪しいぞ」

真下に大口を開けて暗闇を広げる巨大な配管は、下から見上げても中に何があるのかさっぱり見えない。

見えないが、ここからボスやら妨害やらが出てきた。何かあるとすれば、この中に違いないだろう。

「というわけで、ビームを撃ってみます」

「ああ」

シーラがパイプ目掛けて閃光を照射する。パイプの中を攪拌するようにビームでかき混ぜる。俺は特にすることもないので、ビームの光で暗いパイプの中が見えないか目を凝らしていた。すると、暗闇の奥で大きな何かがぐらつくのが見えた。

「おい、今何か動いたぞ!」

「落ちてきます!」

ヒユゥウーッ……、と花火を打ち上げたような音を伴って大きな何かが落ちてくる。

その『何か』はそのまま広場の中央に叩きつけられ、床に小さなクレーターを生み出した。

「これは、貝、か……?」

「巻き貝、ですね。これほど大きいのは初めて見ましたが」

頭上のパイプの中から降ってきたのは、巻き貝の貝殻だった。

ぐるぐると渦巻いた貝殻は、コンクリートブロックのように硬質な外観をしていた。

肉厚で石のように強固な見た目は浜辺にある貝殻というよりも、図鑑で見たアンモナイトの化石のほうが似ているように思う。

そう石、石みたいだ。石で作った巻き貝のように見える。

あの高さから落下したにも拘わらず無傷なのを見れば、その硬さは折り紙つき。

しかもクレーターを作るほどだから、凄まじい重量なのは間違いない。

「これが隠しボスか？　あまり強そうには見えないが」

「わたくしの推察が正しければ、コレが地下水道の不浄の元凶。油断なさらないで」

とりあえず戦闘の予感がするので、先んじて剣に刃薬を塗っておく。

発動する効果が不明でも、それで不利になることはあるまい。使っておくだけ得だ。

戦闘が始まってから使うのも大変だしな。

今回の効果は……火炎だった。刀身全体がメラメラと燃え上がっている。まるで剣に油に浸した布でも巻いたかのようだ。

「見た目だけだと何をしてくるのか、何ができるのかさっぱりわからんな」

「そういうときはちょっかい掛けるのが一番手っ取り早くってよ」

言い終わるのとほぼ同時にシーラがビームを発射する。

こういうとき飛び道具は近づかなくて済むから便利だよな。

だがビームを照射しても貝殻には傷一つつかない。表面が僅かに煤けた程度だ。

代わりに、貝が動き出す。全体がぶるりと震え、巻貝の口から白いナメクジのような生き物がぬる～っと這い出てくる。

貝の住人は頭足類でもナメクジでもヤドカリでもなく。

貝の内から姿を現したのは、白くやせ細った老爺だった。

『オ、オ、オ……ッ！！』

貝を背負って這いつくばった老爺が、嗚咽を漏らしてこちらを指さしてくる。

なんだこの爺さんは。不気味すぎる。

「この爺さん、敵でいいんだよな⁉」

「はい。明らかに」

瞬時にシーラがビームを撃ちこむ。今度は殻ではなく本体と思しき白い老爺の部分に。

だが老爺の紙粘土のように白い全身から、緑色の粘液が噴き出す。

ぶよぶよとしたスライムのようなものをバリアに、老爺はシーラのビームを完全にやり過ごした。

「アリマさん！　これが濁り水の源泉と考えてよさそうですわ！」

「剣で斬り捨てる！」

相手は貝を背負って這いつくばる老人。俺が近寄って直接攻撃すればいい。

刃薬で炎を纏った今なら、スライム状のバリアごと斬れるはず。

そう確信して振りぬいた剣は、ぼよんと強い弾力に勢いよく跳ね返された。

「何だと⁉」

剣が想定外のバウンドをしたことで思い切り姿勢が崩れてしまう。

その隙に、伏せていた老爺が貝を背負って立ち上がる。

そして老爺は、枯れ木のような風貌にまるで似つかわしくない振りかぶったテレフォンパンチを叩き込んできた。

「マジかよっ⁉」

ガシャァン！　と強い衝撃を胸に受け、俺は後方に吹っ飛ばされた。

巻き貝を背負ったジジイ、まさかのフィジカルが強いタイプだった。

何とか起き上がるも、ライフポイントが２割ほど削れている。見れば自分の胸元が大きく陥没していた。

「嘘だろ……」

このジジイ、素手でプレートアーマーを凹ませてきやがった。

かなり物理攻撃力が高い。甘く見てかかったせいで手痛い反撃を貰った。

「アリマさん、無事ですか！」

「問題ない、軽傷で済んだ」

駆けつけたシーラにすぐさま安否を報告。それよりこの白い爺さんだ。こいつ厄介だぞ。

「あの身に纏った緑のスライム、ゴムみたいだった。あれじゃ攻撃が通らないぞ」

「鎧のアリマさんを吹き飛ばすほどの腕力と、あの貝を背負って立ち上がるほどのパワーもあるようですわね。憎たらしいことに、攻防完備の重戦車タイプのボスですわ」

「どうやって攻略する？　本体はスライムでビームも剣も通らないし、迂闊に近寄ったら叩き潰されそうだ」

「幸いにして貝が重いのか、移動が鈍重なのは助かりますわね」

こちらを睨みつけてくる老爺は、石のような貝を背負ってひたひたとこちらに歩み寄ってくる。

その足取りは重く、突然の猛ダッシュなどをしてくる気配はない。

先ほどの超パワーを知ってしまったからには迂闊に近づけないが、作戦を立てる時間くらいはありそうだ。

状況としてはさっきの濁り水の塊の最終形態に近い。となると自然と同じ攻略法を試してみたくなるが。

「シーラ、さっきのチャージビームならアイツの防御を貫通できないか？」

「申し訳ございません。アレは再使用にかなりのクールタイムが必要で……少なくともこの戦闘中での再使用は難しいですわ」

「なら、別の方法を考えないとダメか」

「わたくしが隠しボスの攻略を想定していた以上、温存しておくべきでしたわね」

「いや、あれはあのとき最善手だったと思う。気にしなくていい」

同じ攻略法で倒せたら万々歳だったんだが、やはりそんなうまい話はないらしい。

さっきの最終形態でだって非常に有効な攻略法だったから、まさか温存しなかったことに文句をつけるわけにもいかないしな。

「あの防御をどうやって突破するかだよな。貝の部分を割れたら一番手っ取り早いんだが」

老爺の姿は人間のようで人間でない。貝を背負っている背中部分から、明らかに人間にはない腫瘍のような器官が貝の中へと延びているのだ。

普通に考えたらあそこが弱点で間違いないと思う。シーラもそれには気づいているはずだ。

だが一番の弱点は、最も堅牢な貝という鎧に守られている。どう攻略したものか。

「今のわたくしたちには破壊に秀でた重打がありませんからね……非現実的だと思いますわ」

だよなぁ……。貝に刃が通るような剣なんて持ってないし、俺が数十回びしばし蹴りつけたところであの石みたいな貝を砕けるとは思えない。

それどころか、蹴りつけた足の鎧が変形してダメになるのが先だろうな。

いくら金属とはいえ、こっちの足甲は中が空洞だしどんどんと凹んでいって攻撃しているはずのこちら側にダメージが嵩むだろう。

「ああいうのを壊すのに丁度いい武器でもあったら別なんだが」

ないものねだりだが、何か攻略の糸口になるかもしれないと思って考えてみる。

要するに物体の破壊に適したものがあったらいいんだよな。となると、工事や工作に使う工具みたいなものが理想だよな。

強い衝撃を与えられるハンマーとか、なんならより破壊力のある削岩用ドリルなんかあったら理想だよな。

「それこそ、ランディープがもってたドリルハンマーとか……」

「ウフフ……。エヘヘ」

「えっ⁉」

耳朵を打つのは、記憶に新しいねっとりした不気味な笑い声。

それが自分の真上から聴こえてきて、俺は咄嗟に身の危険を感じてその場を飛び退いた。

「あう。ウフ、ウフフフッ。避けられてしまいました」

すると先ほどまで俺がいた場所に上からべちょりと降ってきたのは、聖職衣を纏った溶解している女。

見間違うはずもない。こんなねとねとした知り合いなんて他にいないし、ハッキリ言って知り合いと呼称することさえ躊躇われるレベル。

言い方は悪いが、俺の今の気分はまるで飛来する鳥の糞を避けたような感じだった。

仮にも女性に最悪な形容だと思うが、他に日常生活で上から降ってくる粘液を避けるような体験なんてしたことなくて……。

いや、そんなことよりも。

「ランディープ、お前、どうやってここに……！」

「エへへ……アリマさん。アリマさんも、先ほどわたしの名前を呼んでくださいましたよね？」

「よ、呼んでない！」

「いいえ、いいえ！　アリマさんは確かにわたしの名を呼んでくださっていました。そう恥ずかしがらずとも、わたしはしっかりと聞き届けておりましたよ。ウフフ……嬉しいです。離れていても、わたしたちはこんなにも強く想い合っていたんですね……ウフフフッ！」

自らの肩を抱きながら、うっとりとしなを作ったランディープが俺へ熱っぽい目線を送ってくるが、とても受け止める気にはなれない。

まさかこうも間髪いれずに再突撃してくるなんて。しかも間が悪すぎる、今隠しボスと戦ってる最中だぞ⁉

通常のボスとの連戦で精神的にも疲弊してて余裕なくなってんのに、こいつ人の気も知らずに！

「シーラ、これも『浸食』か⁉」

「いえ、これは……生身です！　本体が直接ここに乗り込んできてます！」

「なんだってぇ⁉」

「ウフフフッ……！」

どういうバイタリティしてんだよコイツ！　ニコニコ……いや、ニタニタ笑ってて不気味で怖いよ！　なんで追ってくるんだよ！

こういうのっていっぺん追い払ったらしばらくは顔を出さないのが暗黙の了解とかじゃないのか⁉

「だいたいボス部屋に乱入とかってできるのかよ！」

「いえ、原則はできないはずです。戦闘中は施錠されますから、特別な裏口などがない限り乱入など……」

じゃあ今回のはイレギュラーなケースってことなの？

ランディープはどっから来た？　確か上から降ってきてたよな……。

「ウフフ……。我々【ありがとうの会】の本拠地も地下水道にあるのです。ですのでアリマさんとの再会を期待して、繋がっている配管を見境なく這い回っていたのです。ほら、わたしは半分スライムなものですから」

ランディープの話が本当なら、ここの上のパイプは他の場所に繋がっているらしい。

それで人間なら構造上移動できないパイプの中も、ハーフスライムのランディープは専用通路のように通れるのか。

そうやってボスエリアなのにも拘わらずランディープはここに乱入できたんだな。

「そうやって当てもなくパイプの中を彷徨っていたら、なんとアリマさんがわたしの名を呼んでくださるではないですか！　わたしはもう感動して、だってこれって運命ですよね？　エヘヘ……！」

「いやそういうんじゃ……って危ないぞ！」

ランディープと話し込んでいる最中に、ボスたる老爺が彼女の背後にまで歩み寄って拳を振り上げていた。

今の彼女はプレイヤーとしての判定らしく、きっちりとボスと敵対状況になっているらしい。

「おおっと。なんです、このお爺さまは？」

老爺からの不意打ちの一撃をランディープは危なげも無くひらりと身をかわして避けきった。

流石というべきかなんというか。

「……アリマさん。チャンスです。なんとか彼女を味方に引き込んでください」

「ランディープをか⁉　いけるのか、話とか通じるのかアイツ……」

「彼女がコミュニケーションを取るのはアリマさんだけですわ。たぶんイケます」

「くっ、分かった、やってみる……」

心情的にはすごく嫌。なぜならランディープとは会話しているだけで強力な精神的負荷が掛かるから。

自分からランディープに声を掛けるとかこんな状況じゃなきゃ絶対しない。

でもそうも言ってられない状況なのは確かだ。

俺とシーラの二人だけではあの老爺に対して攻略するための手札が足りなかった。

ランディープと協力できたらかなり心強い。他に選択肢はないだろう。

俺はおそるおそる、ランディープに喋りかけてみた。

「ランディープ、ものは相談なんだが、あの爺さんを倒すのにできればお前の力を借りたいと思っているんだが……どうだ」

「ふむ？　アリマさんの仰る通り、あのお爺さまがいるとありがとうに支障をきたしますね」

おおっ、意外と好感触。思っているよりもランディープって話が通じるのか？

前は一方的にありがとうを連呼しながら襲い掛かってくる狂人だと思っていたが、少し認識を改めてもいいかもしれない。

「それでだな、特にヤツの背負う貝殻をどうにかしたいんだが……」

「なるほどなるほど。仔細承知いたしましたわ。確かにアリマさんの仰る通り今この時は、ありがとうの場として相応しくない」

「んっ？」

「アリマさんに感謝をお伝えしたい。その気持ちに一点の曇りもありませんが、巡りあわせというものがあるのも確かです」

「あれ、話が通じなくなってきたな……」

コミュニケーション中に徐々に常識がズレていくこの感じが怖すぎる。

こんな感じ味わいたくないよ俺は。

「あの貝というよりは、本体の纏う緑の粘液に難儀なさっているのでしょう？」

「わかるのか？」

「ええ。ですから、よい案があります。貝に留まらず、あのお爺さまもろとも破壊する手段が」

「おお！」

「ウフフ、ただし、そのためには条件がいくつか」

「……言ってみてくれ」

やべ、急に不穏になってきた。無理難題とか身柄とか要求されたらどうしよう。

「まずお聞きしたいのですが、先ほどまで剣が炎上していましたが……あれは何らかの薬物を塗布した影響ですね？　その薬品を見せて、一部を譲っていただきたいのです」

薬品、つまりは刃薬だな。エトナに作ってもらったものを他人に見せるのはやや心理的に抵抗があるものの、今はそれどころじゃないか。

「……これで全部だ」

アイテムとして刃薬をありったけ出現させて見せる。こんなことしてる暇がある防御主体のボスが相手で助かったな……。

「ふむ。ふむふむ。……これは、ウフフ。一体どこでこんなものを調達したのやら」

「企業秘密だ。で、どれが欲しい」

「ウフフ。これを拝借いたします」

俺の抱える小瓶を覗き込んでしばらく物色していたランディープは、確信を持ってそのうちの一つを摘まみ上げた。

「……効果はわかるのか？」

「【水質看破】。スライムの嗜むスキルですよ、ウフフ」

なんだと。じゃあそのスキルがあったら刃薬の効果が見るだけでわかるのか。俺もそれ欲しい。

「さて、アリマさん。更に高熱に熱せられた物体を用意して、それをこのランディープに委ねることです」

「正直お前が何を企んでいるのかはさっぱりわからんが、それくらいならすぐにでも差し出せるぞ」

丁度さっき武器に塗布した刃薬の効果が火炎だったんだ。

いま俺の剣は良い具合に熱されているはず。これを差し出そう、と思ったのだが。

「っと、すまん。早とちりだった」

そう思って武器を確認したら、とっくに刃薬の効果は切れていた。

ランディープの乱入に対応しているうちに効果時間を使いきってしまったようだ。

もちろん武器の温度も通常に戻っていて、高熱とは言い難い。

しまった、そうなると高熱の物体を用意するなんて難しいぞ。

もう一回刃薬を塗布したところで効果はランダム。いまのと同じ火炎の効果を引き当てられるとは思えない。

どうする？　そんなに都合よく火薬なんてもってないぞ……。

「話は聞かせていただきました。アリマさん、妙案があります」

「シーラ？　なにか解決案があるのか、聞かせてくれ」

「あの分身との戦闘でアリマさんに誤射したことに着想を得たのですけれども、私のレーザーでアリマさんを熱してしまうのはいかがでしょう」

「……いや待てそれだと」

「素晴らしいアイディアですっ！！」

反応したのはもちろんランディープ。胸の前で手を合わせてシーラの提示した選択肢に感動している。

俺自身の体を熱したら、そのあと俺をランディープに委ねることになる。

その発想に至った俺はシーラの言葉を制止しようとしたのだが、それより早くランディープが全てを察して大喜びで賛成されてしまった。まあお前は賛成するわな。

「それしかありません、それでいきましょう！　エヘヘ、もうそれ以外の方法じゃわたし協力しませんっ！」

「おいシーラ、お前余計なことを……」

「ですが他に手段もないでしょう？　腹をくくってくださいな」

「……わかった、観念しよう」

いや怖いけどね。全然納得してないからな。他に手段がないから仕方なくだぞ。

「であれば善は急げですわ。あの老人が新しいアクションを起こす前に実行しましょう」

「熱線で俺の鎧を熱するんだよな？　うっかり溶かすなよ？」

「わたくしのビームは火力調整も自在。心配ご無用ですわ」

白い老爺がよたよた歩いてくるのを尻目に、土偶のシーラから放たれる熱線を全身に受ける。

　俺の鎧は冷たいねずみ色からじわじわと熱した金属らしく夕焼けのような赤い橙色へと変貌していく。

　そしてその様子を、わくわくのうきうきが抑えられないランディープが眺めている。

「ではアリマさん、よろしいいんですね？　合意なんですね？　体を委ねてくださるんですね？」

「含みのある言い方はよしてくれ、これで何とかなるんだよな……？」

「ウフフ、二言はありませんよ。このまま〝ありがとう〟できないのがなんとも口惜しいですが、仕方ありません。あのお爺さまは、わたしが責任をもって始末いたします」

「何でもいいからさっささとやってくれ」

「エへ。では、さっそく失礼して……」

　どうやら、ランディープが何かを始めたらしい。

　まず最初に彼女の纏う聖職衣がぴっちりと彼女の肢体にへばりつき、徐々に形を崩して彼女の皮膚と同化し始める。

　まるでピチピチのラバースーツを着用したような艶めかしい姿。

　彼女の女性らしい起伏がすべてくっきりと浮かび上がり、潤いのある光沢がその女性的な曲線を更に強調していた。

率直に言ってエロい。かなり男の視線を集める姿だった。無言で一枚だけスクリーンショットの操作をした俺を、いったいどこの誰が責められるだろう。

そしてランディープは、俺から受け取った刃薬を開封し、内容物を自らの胸元に垂らした。

「――【水質同期】」

それと同時に彼女の全身が薄らと暗く透過しはじめ、全身が薄く暗い液体のように変じていく。垂らした刃薬はランディープの肢体の表面を伝いながらも、じんわりと透明な彼女の体内へと滲んでいった。

ランディープの水質同期という発言は、きっとスキルの名称だ。

ランディープ固有なのかスライム族特有なのかわからないが、スキル名からそのまま推察すると外部から取り入れた液体の特質を自分にコピーするということだろうか。

やがてランディープは自身に垂らした刃薬がすべて浸透したのを確認すると一瞬のうちにこちらをふり向き、赤熱した俺を躊躇いなく抱き寄せた。

「うおっ⁉」

力強く抱き込まれた俺の体は、半透明なランディープの体の中へとずぶずぶ沈み込んで

いく。

「フフ、熱い。とても熱くて熱くて……、エヘへ、溶けてしまいそう。癖になってしまいます……！」

灼熱の鉄を包み込んだ影響で、ランディープが蒸発する音が聞こえてくる。

これでいったい何をしようって言うんだ。

「次はどうするんだ」

「ウフフ、それでは体のコントロール権を拝借いたしまして……」

「う、お⁉」

突如、ランディープの粘液に取り込まれた自分の体が制御を失って正面に駆け出す。

対する老爺ももちろん迎撃の構えを取る。ゲル状の緑のバリアを纏い、弱点と思しき貝殻を背後に隠す。

「無策の突撃じゃないよな⁉」

「ウフフ。勝負は一瞬で決めますよ」

「な、なんだ、なにするんだ⁉」

ランディープは俺に碌な説明もないまま、俺の体を操って老爺へと無理やり組み付く。

なんだ、なにするんだ⁉　なんとかしないと俺殴られて死ぬぞ⁉

ランディープ、いったい何をする気で――

「ウフフ。私の身体は今、【爆薬】と同じ性質。灼熱を内包した今、あとは衝撃を加えれば起爆します」

「は⁉」

ランディープの発言の意味を理解する暇さえないまま、ランディープが勝手に俺の腕を老爺に向かって振り下ろす。

「ではごきげんよう！　ウフフ……ッ」

その声を聞くのと同時に手甲ががちんとぶつかって全身に衝撃が走り。

――爆発音。

自分を中心に、身にまとっていた【ランディープだったもの】が外側へと爆散し、信じがたい衝撃を生み出した。

強い指向性を持った爆熱は老爺のスライム状のバリアを容易く吹き飛ばし、あまつさえ背後の巻き貝さえ木っ端みじんにした。

気づけば俺は、生成された貝が降ってきたときよりも巨大なクレーターの中心で立ち尽くしていた。

ランディープはいったい何をしたのか。あの一瞬で何が起きたのか。

それを遅ればせながら理解した俺は、無意識のうちにこうこぼしていた。

「……あいつ、狂ってるよ」

もう、茫然自失。信じられない。人の身体使って自爆するやつがあるか。

あたりまえのことながら俺の鎧は爆発の影響で大変なことになっている。

体表で起爆したせいか、ボコボコと鎧の表面に大小さまざまなクレーター状の凹みができている。中には鉄板がそのまま内向きに突き破れている箇所さえあった。ただ爆発に巻き込まれただけじゃこんなふうにはなんないよなぁ……。

体力を確認してみれば、もちろん削られている。4割ほど。いてえ。

「いやぁ、災難でしたわね」

茫然自失で爆心地に佇んでいた俺のもとに、のんきな声が降りかかってくる。シーラだ。

「おまえ、他人事だと思いやがって……！」

「事実、他人事ですもの」

思わず恨み言が飛び出したが、これは認められてもいいはずだ。

こんな酷い経験もう二度としたくない。

「ランディープはどうなったんだ?」

「どこかしらでリスポーンしているはずですわね。恐るべき狂人ですわ、こんな手段をとるなんて」

「この件についてはお前も片棒担いでるだろう」

「さて、そんなことよりも」

「誤魔化しやがる」

俺、シーラという人物への好感度というか、信頼度？ 見る目が変わっちまったよ。

一番変わったのはランディープで間違いないけどな。いや、『頭おかしい』からずっと不変のままでもある。

「感慨にふけるのもほどほどに、先に進みましょう。新たなエリアと、ワープ地点となる拠点があるはずですわ」

「ああ。今行く」

ともあれ、ダンジョンクリア。隠しボスまで撃破だ。

不完全燃焼感も少しあるが、クリアはクリアだ。

俺がイマイチ喜びきれないのは、全部あの変態シスターが悪い。

そういうことにして、切り替えていこう。

さあ、地下水道の奥に広がる新エリアはどんな場所だ？

期待を胸に地下水道を抜け、地上に上がった先。

そこは、どんよりと薄暗い、ジメジメとした気の滅入るような草原であった。

紫色の芝のようなものが足元を覆っており、点在する茂みも暗色の深緑。

俺にとっては初めてのダンジョンではないフィールドなのだが、かなり陰気な地だった。

「ふむ。エリア名はド＝ロ湿地ですか」

「おい、あそこに十字架があるぞ」

すぐ近くに無造作に突き刺さったボロの十字架を発見。

シーラとともに登録を済ませておく。これでリスポーン地点兼ワープポイントの登録になる。

あの地下水道をいちいち攻略してここまで来るのは骨だからな、すぐに見つかって良かった。なお、ゲーム上でのテキストは世界観に則って『墓碑銘の記録』となっている。芸が細かい。

「さて、先に進みたい気持ちもありますが」

「わかってる。まずはドーリスに報告だろう？」

「弁えているのであれば何よりですわ。さ、戻りましょう」

もっとこの湿地の先が見たいが、ぐっと堪える。

後ろ髪を引かれる思いで、シーラに促されるままワープを実行。

行先は、もちろんドーリスの待つ最初の広場。
湿地の攻略はまた今度だ！

第二十四章 ♦ ダンジョンクリア

「ダンジョンクリア、おめでとさん。イヒヒ」

クリア報告を受け取ったドーリスは、いつもと変わらない胡乱な笑みを浮かべていた。

「まずはこの二つを返す」

ドーリスは雑談に花を咲かせるのを楽しむ性格ではない。

俺もそれを承知しているので無駄口を叩くこともなく、ドーリスにダンジョンマップとモンスター図鑑を返還した。

「イヒヒ、よく出来てる。いいマップ屋になるぜ」

「モンスターに苦戦しなかったので、比較的ラクでしたわ」

「ああ、相性が良かった」

羊皮紙を広げたドーリスは、シーラの言葉を耳に入れつつマップの完成度を検めて、調子よくそんな事を言っていた。

俺とシーラが共にダンジョンを隅々まで歩き回って完成させたマップだ。

その踏破率は１００％。我ながらいい仕事をしたと思っている。

もちろんドーリスに売却するので、マップは手元には残らない。

次に地下水道のマップを入手したければ、自分の描いたマップをドーリスから購入しなくてはならないだろう。

世知辛いが、元からそういう約束でやってる。同意の上だな。

「モンスター図鑑も充実してる。結構戦ったみてえだな」

言いながらドーリスはモンスター図鑑の原本を用意し、手のひらを二つの図鑑の表紙に押し当て、スキルの力によって手際よく内容を複写していく。

こっちの貢献度もなかなかだ。特に浅層のモンスターは俺がスキル習得の為に念入りにしばき倒したので情報量が多い。

もちろん後半のモンスターほど記述が減るが、奥地まで至った後はボス撃破を念頭に置いた攻略を優先した以上やむなしだな。

複写が終わってパラパラと項目を読み取るドーリス。

最後にボスの記事が存在することを確認し、満足げにしていた。

「イヒヒ。期待以上だぜこりゃあ。今さら金に糸目は付けねぇ、受け取りな」

嫌味なく笑うドーリスは、約束していた通り、俺に報酬の金を寄越した。

受け取った麻袋は、ずしりと重い。

「10万ギルか」

うむ。どれくらい喜んでいいかわからん。

メニューに足された100000という数字の価値が、俺にはまだわからない。

ショップに行ったことがないからな。

回復アイテムや装備品、欲しい武器。そういうのを意識して資金繰りをすると思うのだが、俺はそのあたりを丸ごとスキップしてしまった。

終ぞドーリスの仲介でアイテムを買うことはなかったし、装備の修理と武器の調達は全てエトナ頼り。

俺はこのゲームでまだ一銭たりとも使ったことがないのだ。

「相場が気になるか？　好きなだけ見てくりゃいい」

見かねたドーリスがそう言うや否や、ダンジョン入り口とは真逆に位置する広場後方からカンと金属音が聞こえてきた。

音のした方に目をやれば、金属の梯子が下ろされている。

ドーリスは唯一この地下水道のアクセス権を持っているようだが、こんな真似もできるのか。

地下水道の上には大鐘楼が広がっている。そういう位置関係だ。

上に延びる梯子を登れば、俺は念願の大鐘楼に至れるだろう。

「道は繋げた。扉も解錠した。大鐘楼、好きなだけ見てこいよ」

「話が早くて助かる」

「おっと待った、先にこれも渡しておく」

意気揚々と梯子に飛びつこうとする俺を呼び止めてドーリスが渡してきたのは、モンスター図鑑と白紙のマップを二枚。

「あんたの仕事ぶりに免じてサービスさ。完成した大鐘楼のマップもあるが、せっかくだ。そっちもあんたの足で埋めるといい」

攻略必需品クラスの分厚い魔導書じみたモンスター図鑑と、これまた攻略必需品クラスのマップが再び俺の手に返ってきた。

しかも貰ったマップの方は二枚とも白紙。一枚は大鐘楼の街を埋めるのに、もう一枚は未踏の湿地エリアに使えということだろう。

俺のマップ埋めに対する信頼のようなものだろうか。マップそのものを売りつけてもいいだろうに、太っ腹だ。

「大鐘楼から東に行く道は、全て封鎖されていた」

「地下水道だけが例外だったのか」

「おうよ。お前が先遣隊になるんだぜ、地図とマップはまた買ってやるよ、イヒヒ」

地下水道から先に進む道は、なんと前人未到らしい。

発売二週間も経っているから初見攻略なんて不可能だと思っていたが、俺が一番乗りできるなんて。

いやはや、ありがたい話だ。存分に楽しませてもらう。

「アリマさんとのパーティもここまでですわね」

「ああ、そうだったな」

すっかり忘れてた。シーラとの協力は地下水道の攻略完了までだったな。

俺としたことが、そのまま湿地の先まで攻略する気でいた。

もちろん今後ずっと一緒に戦うつもりってわけじゃないが、なにせあの不条理なシスターを共に戦い退けた戦友だ。

仇敵にして天敵の濁り水の撃破に、ランディープ撃退、容姿を真似る水との対決とボス戦での協力バトル。終始頼もしい後衛だった。

俺の都合であるダンジョンマッピングにも協力的だったし、俺に主導権を譲りながら着実に戦果を挙げていた。

溢れ出る良妻賢母感というか、とにかく花を持たせるのが上手い人だった。
人柄も柔和で温厚、コミュニケーションに滞りなし。超が付くほどの優良物件。
初めてのパーティ編成ながら、かなり当たりだったといえるんじゃないだろうか。
ドーリスが自信をもって斡旋したのも頷ける優良なプレイヤーだった。
けれども、残念ながらもうお別れだ。
少し寂しいが、こういう一期一会もまた醍醐味だろう。
「縁があれば、また頼む」
「ええ。またどこかで」
シーラに簡単に別れを告げ、大鐘楼の街に向かう。
もう二度と会えない訳でもあるまいし、敵対する予定もない。
そんなに別れを惜しむこともないさ。シーラもそれが分かっているから、後腐れもない
さっぱりとした別れの挨拶で終えたのだろう。
さぁ、念願の街でお買い物だーっ！

第二十五章◆密談

「行ったようだな」

「ですわね」

大はしゃぎで大鐘楼の街に向かうアリマを見送った二人は、まだ地下水道の入り口に残っていた。

アリマの姿が地下水道から消えたのを確認し、ドーリスが声を掛ける。

「で、どうだ。一緒にダンジョンに潜ってみた所感はよ」

「特に？　良いプレイヤーでしたわ」

とぼけた調子でさらりと答えるシーラを、ドーリスが鼻で笑う。

「んなことは聞いてねぇ。テメェも情報扱うギルドで大将張ってんだ、アイツに思うことくらいあるだろ」

「あらあら、結成二週間の零細ギルドですわよ。買い被りすぎではなくって？」

――世界観考察ギルド【生きペディア】。

ゲーム最初期に成立し、広いフィールド上から多くの情報を集め、収集し、リアルにおいても攻略wikiの運営を行う。

ことゲーム攻略における基本的な内容から、ゲームの進行を左右するほどの重要情報が方々から結集しており、現在におけるギルドの地位は確固たるもの。

情報収集、システム検証、初心者向けガイド。主軸は世界観考察であるものの、その活躍の領域は広い。

ゲームに対し多面的にアプローチする運営方針はガチ勢からエンジョイ勢まで様々なプレイヤーを内包するに至り、【生きペディア】は現在において最上位のギルドに数えられる。

そのギルドの長の名を、シーラといった。

「ふん。今さら序盤のダンジョンで無双して楽しかったかよ」

「心外ですわ。スキルを封印して戦えば程よい難易度になりますもの」

このゲームにはレベルの概念が無い。

だからこそ、このゲームにおける強くなる手段というのも限られており、それは大きく二つに分けられる。

一つめは、強い武器を手に入れること。

こちらは至ってシンプル。よく切れる剣があれば、固い敵も簡単に倒せる。

岩のように強固な鎧があれば、熾烈な敵の攻撃を軽減できる。

特別な力を内包する装備品があれば、戦いの手札が増える。

強い装備の恩恵は単純でわかりやすい。

そのためにプレイヤーは心を躍らせ冒険をするのだ。

もう一つは、強いスキルを身に着けること。

スキルには体捌きを強力にアシストするものがあり、現実にはおよそ不可能な挙動を思いのままに操ることができる。

重厚な大剣を風のように振るい、またあるいは細剣で大木を撫で切りにすることもできる。

そうしたスキルは、得てして武器の限界を超えた痛撃を敵に与えるものだ。

これもまた、プレイヤーにもたらされる力の一つ。

そしてスキルには、魔法や種族特有の技能なども含まれる。

とりわけ、シーラのように武器を持てない種族はその分スキルを豊富に習得できる。

武器を持てない種族は、代わりに多様かつ潤沢な攻撃スキルを使い分けることで成長し、難敵を打破していくのだ。

故にシーラがスキルを使わずに戦うというのは、まさに手加減そのものだった。

「初めはもっと下っ端(したっぱ)寄越(よこ)す約束だったろ。いきなりお前が出てきたのも、やはり鐘絡(かねがら)みか？」

「当然。大鐘楼の頂は、発売二週間経ってもなお指をくわえて見上げることしかできなかったのですから」

　街の名を冠(かん)する意味深な大鐘楼は、されど二週間もの間沈黙(ちんもく)を保っていた。

　それが何者かの手によって前触(まえぶ)れも無く打ち鳴らされ、得体の知れぬ福音(ふくいん)とやらが全プレイヤーにもたらされた。

「それで？　目当ての物は見られたのかよ」

「それがさっぱり。粗末(そまつ)な剣を大切にしながら、ユニークスキルで戦っていましたね」

　このゲームにはユニークスキルがある。

　これはユニークの字の如く、特殊(とくしゅ)な条件をクリアした限られたプレイヤーのみが習得できるスキルである。

　ただしユニークスキルは習得した本人でさえ条件が不明なため、ほぼブラックボックスと称(しょう)しても過言ではない。

　習得の再現性は皆無(かいむ)に等しく、偶然(ぐうぜん)と幸運が重なった僅(わず)かなプレイヤーが運命的に習得するのみである。

だからという訳でもないが、ユニークスキルは効果が強力である前に特殊な場合が多い。

だが、その特殊性にこそ特別感があり、所有者が多くのプレイヤーに羨まれる一因となっていた。

「わたくしは音に聞く〝至瞳器〟でも懐から出てこないか、期待していたんですけれどもね」

「馬鹿言えよ。あんな不出来な剣を後生大事に振るっているアイツが持ってると思うか？」

鬱然とした態度でシーラが深くため息をついていた。

シーラが本格的に至瞳器について調査を始めてからというもの、未だに一切の収穫がない。

大鐘楼の街を始めとした多数のＮＰＣが携わる地で聞き込みを進めると、プレイヤーはしばしば〝至瞳器〟なる言葉を耳にする。

曰く、それは特別な刀匠が打ったいくつかの装備品を指しており、それらは他の追随を許さぬほど強力な武具であるという。

ただしその数と所在と名称まで完全に謎に包まれており、既存のＮＰＣが所有しているのではという事実無根の噂が少数蔓延る程度のもの。

至瞳器という称号を冠する武器こそがこのゲームにおける最上位の装備品であると予想

されており、その入手を目論むプレイヤーは多い。

だが、ただの一人もその手がかりすら掴めていないのが現状であった。

「糸口くらい掴めればと思っていましたが、ままならないものです」

「――知りたいかね？」

突如、この場にいない女性の声がした。

二人の背後からカツ、と靴の音が響き渡る。

驚愕と共に振り返ると、そこには巨大なトップハットを被った女の姿があった。

そして、二人の視線はすぐに彼女の持つ得物に向いた。

薄らとターコイズグリーンの光を纏う翡翠の湾刀。

自然と辺りがピリつく。重苦しい緊張感が辺りを支配する。

大きな帽子に、緑色の武器。

掲示板にあった特徴と一致する外観から、ドーリスは彼女がアリマをゲーム開始直後に殺害した人物だと当たりをつけた。

ドーリスが恐る恐る口を開く。

「……敵対する気はねぇようだが、突然何の用だ」

「〝彼〟が世話になったみたいじゃないか。礼の代わりに、君らが見たいものを見せに来た」

忽然と姿を現した帽子の女は、何の気負いも無く二人の前で翡翠色をした大刀をこれみよがしに翳す。

「鍛冶の巨人と、その娘たち。彼女たち巨人一門の手になる傑作を『至瞳器』という。これはその一振り」

その刀身は、大宇宙の銀河の如く。

きめ細やかな翡翠の粒が、川の流れのように表面を流れていた。

「〝サリアの至瞳器〟9本目。玉刀【厭い花】。そこらではお目に掛かれぬ代物さ」

ドーリスとシーラはしばし我を忘れ、その大刀の美しさに魅入った。

「……これが。至瞳器の実物を目の当たりできるとは。幸運ですわ」

だが、二人はただちに我に返る。

この人物は、醸し出す雰囲気が凡俗のＮＰＣと格が違う。彼女が出現した瞬間に確かに場の空気が変わったのだ。

威圧とも支配とも違う。ただただ、異質。

誰も知らぬ至瞳器の秘密を知っていることといい、この世界の住人の中でも彼女が極めつけの重要人物であることは間違いなかった。

「望むものは見られたかい？　〝彼〟にまた会ったらよろしく言っておいてくれよ」

更に何かを聞き出そうと考えた二人であったが、機先を制すように帽子女が言葉を告げる。

それとほぼ同時。手に持つ翠の刃の切っ先から、雫が一滴だけぴちょんと滴った。

水滴は地下水道の足場に落ちると空間を歪めるように床に波紋を生み出し、それだけで帽子の女はたちまち霞のように姿を消してしまった。

その場に残された二人は呆然と顔を見合わせる。

「……消えたか。聞き出したいことは山ほどあったが」

「ですが充分すぎる収穫です。前線を放り出してまでアリマさんと縁を結んだ甲斐がありましたわ」

「イヒヒ、違いない。やはりアイツといると金を生む」

帽子の女が去ってしばらく。余裕を取り戻した二人は虚ろな鎧のプレイヤーを思い、悪い笑みを浮かべていた。

223：道半ばの名無し
【望遠】スキルが流行ってしばらくしたけど、なんか収穫はあったの？

224：道半ばの名無し
結果だけもらおうとすんなお前も覗いてから発言しろ

225：道半ばの名無し
【望遠】のためだけに新キャラ作ったけどこれ結構な苦行だよな

226：道半ばの名無し
興味本位で始めたけど面白いの最初の10回くらいまでだよねこれ

227：道半ばの名無し
やりゃわかるけど制約もけっこうあるしなぁ

228：道半ばの名無し
一生【望遠】ガチャしててもマジでおもんないし

229：道半ばの名無し
最初に流行り出したときはこれが情報収集の最先端になるかと思ったんだけどなぁ

230：道半ばの名無し
仕様上の欠点が多すぎていかんわ

231：道半ばの名無し
すまん、俺も新しく【望遠】ガチャやってみたいんだが、スキルの仕様テンプレとかってある？

232：道半ばの名無し
やめとけやめとけ

233：道半ばの名無し
ガチで時間の無駄だぞ

234：道半ばの名無し
【望遠】はもう別名『徒労』だよ、成果が出なさすぎて

235：道半ばの名無し
スキル【望遠】の仕様はこんなんもん
・ランダムな場所に視界を飛ばす

・画角は動かせない
・発動時には視界内に必ずプレイヤーが映る
・ダンジョン等、視界の飛ばせない領域がある
・現場には望遠鏡が出現し、これが破壊されるとスキルは強制終了する
・視界に映ったプレイヤーが画角から外れた場合スキルは強制終了する

236：道半ばの名無し
概要だけを聞くと可能性しかないんだけどなぁ

237：道半ばの名無し
一部のギルドやプレイヤーが独占してる掘場とかイベントを暴けるチャンスっぽいのに

238：道半ばの名無し
結局【望遠】で成果出たって話はないしなぁ

239：道半ばの名無し
ほとんどが大鐘楼に飛ぶし

240：道半ばの名無し
コントロールが利かないのがいかんのよ

241：道半ばの名無し
せめて視界を動かせたら……いや、無意味か

242：道半ばの名無し
一番ダメなのは【望遠】で見られない場所があるってとこでしょ

243：道半ばの名無し
未開のダンジョンとか見つけられると思ったんだけど

244：道半ばの名無し
未知のモンスターとか見えるだけでもいい

245：道半ばの名無し
まあ【望遠】が完全無制限でどこでも見られたら部外者がギルドハウスとか覗けるわけだし問題だけどさ

246：道半ばの名無し
生きペディアのギルドハウスとかあんだけ人がごった返してるしもし見られたら相当【望遠】ガチャの邪魔になってたが

247：道半ばの名無し
たぶんだけどこれ街とフィールドしか見られねえよなー

248：道半ばの名無し
結局一番人が多い序盤を見るばっかになるっていうね

249：道半ばの名無し
初心者が乙ってくのを見るのはまあまあ楽しいし動画にしたら伸びそうだけどな

250：道半ばの名無し
もうあるぞ望遠専門の動画チャンネル

251：道半ばの名無し
結局情報の新規開拓に【望遠】は使えないってことで

252：道半ばの名無し
プレイヤーの多い場所にばっか視点がいくんだからそらそうよって話なんだけど

253：道半ばの名無し
最初から想像ついたっちゃついたけど

254：道半ばの名無し
おいみんなおもしれーのが映ったぞ
望遠視点をいつもの共有リンクから配信すっから見てくれ
初めての収穫になるかもしんねーぞ

255：道半ばの名無し
おん？

256：道半ばの名無し
どうせ既出情報っしょ
一応見るけどね

257：道半ばの名無し
望遠するやつにしては珍しく強気な発言だけどどうだかな

258：道半ばの名無し
あれ、これ新MAP映ってね？

259：道半ばの名無し
プレイヤーはあの鎧の奴ね、ボス戦してるじゃん

260：道半ばの名無し
土偶とシスターいるけどどっちも知らんやつだな、両方

NPC？

261：道半ばの名無し
シスターの名前黒じゃん

262：道半ばの名無し
マジだ、じゃあ忘我キャラってこと？　あれ都市伝説じゃなかったんだ

263：道半ばの名無し
つかここどこだよ、地下水道のダンジョンなんて既存の情報にも無かっただろ

264：道半ばの名無し
完全新規情報。生きペディアのアーカイブにも無い

265：道半ばの名無し
アリマって前に話題になってたリビングアーマーの初心者じゃん、まだ引退してなかったんだ

266：道半ばの名無し
リビングアーマーってマジ？

267：道半ばの名無し
まだ現役のリビングアーマーなんておったんか

268：道半ばの名無し
1乙した時点でゲームが実質進行不可になるノーコン強要のカス種族でどうやって新エリアまで来たんだコイツ

269：道半ばの名無し
しかもエリアボスと戦闘までしてんだよな

270：道半ばの名無し
それはそうとこの【望遠】の画角神ってんな、ずっとこうであれよ

271：道半ばの名無し
でもこれ明らかにじり貧だよな

272：道半ばの名無し
だね、まあ所詮リビングアーマーだし

273：道半ばの名無し
頑丈が取り柄だから決定打に欠けるリビングアーマーじゃキツそう

274：道半ばの名無し
なお大量の特殊種族に耐久で劣っている模様
はー、ほんまこのクソザコ種族

275：道半ばの名無し
開発は何を考えてリビングアーマーを実装したのかね

276：道半ばの名無し
さしたるメリットもないのに他に類を見ない膨大なデメリットを抱える不遇種族の鑑

277：道半ばの名無し
押し切られて負けそうだね
それか倒す手段がなくて泣く泣く撤退

278：道半ばの名無し
まあいいんじゃね、俺たちは新エリアの情報と未発見のエリアボスまで見られて万々歳よ

279：道半ばの名無し
ついでにリビングアーマーとかいう希少種までお目に掛かれたし

280：道半ばの名無し
ここで負けたらこのリビングアーマーも引退か、最後の一人っぽかったけど

281：道半ばの名無し
つかあの土偶シーラ？

282：道半ばの名無し
シーラってあのシーラ？

283：道半ばの名無し
土偶でシーラっつったらギルマスのシーラしかおらんでしょ

284：道半ばの名無し
通常攻撃縛りしてんのは初心者のお供だからか

285：道半ばの名無し
スキルで蹂躙せんのは優しさってところかね

286：道半ばの名無し
でもじゃあボス倒しきれないだろ

287：道半ばの名無し
隣の忘我キャラもなんかしてくれんじゃねーの

288：道半ばの名無し
忘我キャラねえ、頼りにできんの？
所詮はNPCだし人形みたいなもんだろ

289：道半ばの名無し
このキャラ溶けたぞハーフスライムじゃん

290：道半ばの名無し
うわ
それで忘我キャラなんだ

291：道半ばの名無し
プレイヤーが匙なげるようなピーキーなやつばっか忘我キャラになんのどうにかしろ

292：道半ばの名無し
忘我も再現性ないしなぁ
消したキャラが勝手に動きだしちゃうのはどうしようもない

293：道半ばの名無し
なんかしてるぞ

294：道半ばの名無し
なにこれ
同士討ち？

295：道半ばの名無し
なんか鎧熱してハーフスライムの忘我キャラ装備？　して
っけど

296：道半ばの名無し
は!?

297：道半ばの名無し
え？　いま何起きた？

298：道半ばの名無し
突然の大爆発

299：道半ばの名無し
えこれどゆこと？

300：道半ばの名無し
決定力不足って言ったやつ出て来いよｗｗｗｗ

301：道半ばの名無し
なにこれ？　ユニークスキルかなんか？
えマジでどういう理屈？？？

302：道半ばの名無し
やばすぎｗｗｗｗ

303：道半ばの名無し
一度きりとはいえすげーこと考えるね

304：道半ばの名無し
これができるならリビングアーマー結構強くね？

305：道半ばの名無し
いきなり種族のポテンシャル上がったな
でもこれハーフスライムとの合わせ技ってことでしょ？

306：道半ばの名無し
ほかにも色々できることあるだろこれ

てかハーフスライムのキャラどこいった？

307：道半ばの名無し
身体のパーツをあんなふうに変化させても死なないのって
今んとこリビングアーマーだけだよね？

308：道半ばの名無し
そう。唯一無二の個性だと思う

309：道半ばの名無し
え、リビングアーマーってもしかして強い……？

第二十七章 ♦ 沼地を歩く

水の混じったぬかるむ土を踏みしめ、一人の娘が鬱蒼とした森の奥から出てくる。

彼女は煌めく黄金の長髪に尖った耳を持っており、それはまさしくエルフと判別できる特徴であった。

均整がとれた美形の顔立ちはいっそ人形のようでさえあり、ある種人間離れした美貌もまたエルフのステレオタイプと言えるだろう。

亜麻色の外套で体を覆い隠したその女は、森の近縁に広がる湿原を睨みつけていた。

より正確には、その湿原を覆う砂煙のように濃い濃霧を。

「……もう、ここからでも見えるほどに迫っているのか」

女はひとり深刻な声色で呟きながら懐からガスマスクを取り出し、慣れた手つきで装着しながら濃霧の方へと歩き出す。

森の中で木漏れ日を受けて輝いていた金髪は湿地のどんよりとした空気に沈み、彼女の美麗な顔つきも、必要に駆られて装備した物々しいガスマスクによって覆い隠される。

まるで美しいものが存在することを許さないような湿地の態度が、この地の窮地を表しているようでもあった。

湿った地面に足を取られないように注意を払いながら湿地を進む女を、変わり果てた湿地の景色が迎え続ける。

その一つが、このへどろに包まれたような樹々。

葉が下水色に腐れ溶け、まるで溶けた巨大な粘土を樹の枝に刺したかのような様相。

ここもかつては、芳醇な香りの漂う果実がたわわに実る、特別な果樹園であった。

それが今や、おぞましい腐臭を撒き散らす負の産物へとなり果てている。

「里の皆が悲しむな。いや、もはや里が飲み込まれるのも時間の問題か……」

それを見上げる女は悲嘆というよりも、焦燥の心持ちが強かった。

少し前まで、湿原を覆う霧などは影も形もなかった。

あるとき唐突に噴き上げた黄色い濃霧は瞬く間に湿地一帯を包み込み、あっという間にこの地を様変わりさせた。

豊かだった草木は腐れ落ち、景色の展望は霧に阻まれ、まともな生き物は姿を消した。

そして拡張し続けるこの霧は、とうとう女の故郷たる森林をも毒牙に掛けようとしていた。

「助けを借りなくてはならない。我々だけでは……どうにもならない」

気に掛けるのは、用意したガスマスクのフィルターの替えの残り。

濃厚で強烈な毒霧は、フィルターにどんどんと蓄積してすぐにマスクをダメにする。

この地では、潜水するのに酸素ボンベの残りを気にするように、消耗するフィルターの在庫を心配しなければいけない。

たかがガスマスクを用意した程度では、満足に探索することさえ敵わなかった。

必要なのは毒や瘴気ごときをものともしない体質の戦士。

無機物の体を持ち、冒険を好み、それでいながら慎重に進む一種の臆病さを併せ持った騎士などが良いだろう。あとはそんな都合のいい人物が見つかるかどうかだが……。

「なんにせよ、ここでは他の人影など望むべくもない。街に通じている地下水道とやらを探すところからだな……」

あとがき

本書を手に取って頂いてありがとうございます、作者のへか帝です。

まずは軽く、書籍版にて追加したシーンについて言及しようと思います。特に一番大きい、シークレットボスとの戦闘シーンについてですね。

やっぱり嬉しいのは、ランディープの大きな見せ場を作ってあげられたことですね。Webで掲載していた頃から、ランディープはかなりの人気キャラクターでしたし、私自身かなりお気に入りのキャラでしたので、ぜひとも出番を増やしてあげたかったのです。

が、彼女はその性質上なかなか安易に登場はさせられないんですよね。なにせ彼女は、ひとたび場に現れたら何をしでかすかわからないので。もちろんそれこそがランディープというキャラの魅力だとは思うのですが、正直申し上げると作者の私ですら彼女を制御できません。書いている私が一番ランディープを恐れているといっても過言ではないでしょう。

彼女のいる場では話がどこへ転がっていくのか本当に戦々恐々としております。

ですが、だからこそ彼女の制御不能なランダムさや、危うさからくる魅力が存分に発揮できる舞台、シチュエーションを用意できたことは非常に嬉しく思っています。

まあそれはさておき。せっかくのあとがきですので、ここで本作についての想いをもう少しだけ語ろうと思います。

いつかこんなゲームを遊んでみたい、けれどきっとその未来が訪れるのはずっと先だろうから、と自身のああだったらいいな、こんな要素があったらいいな、というのを集めたのがこの作品の始まりでした。きっと本作を読んでくださる方は、無類のゲーム好きの方々なのではと思うのですが、いかがでしょう?

私はこの作品の執筆にあたり、私の人生を彩ってくれた数々のゲームに感謝の意を込めて、わかりやすいものからそうでないものまで、形を変えながらもオマージュを取り入れています。私と同じように色んなゲームを夢中で遊びこんだ方なら、読み進めていく中で心当たりがあったと思います。

ああ、この人は小さい頃に私と同じゲームを遊んだんだな、と思ってもらえたんじゃないでしょうか。そうだ、あの頃こんなゲーム遊んだよな、最近はこういうのも減ってきたけど、昔は夢中でやっていて、もっとやりたかったなぁ、とか。そういう私と同じゲーム好きな方々の心を擽るような体験を本作でお届けできていたら、とても幸いです。

……などともっともらしい事を書きましたが、やはり一番の原動力は『こんなゲームが遊んでみたい』という妄想によるものが一番でした。ですがそんな思いを胸に私がとち狂ってウェブ小説として投稿したのを、当時から応援してくださった読者の皆さん。

あなた達がってくださる感想や、投票してくださった評価値、伸びていく閲覧数などのお陰で私はこの情熱を一過性のものとせず、ひとつの書籍となるまで形にすることができました。この場を借りて深くお礼を申し上げます。

そして、本作のイラストを担当してくださった夕子先生、本当にありがとうございます。土偶とか貝とか変なモン描かせて本当にすみません。めちゃくちゃ最高のクオリティで仕上げてくださって、本当に本当にありがとうございます。

最後にこの場をお借りして改めてお礼を。HJ小説大賞の選考に携わった方々、本作の出版に関わった編集部並びに出版関係の皆さま方、ウェブ上で毎話更新する度に感想を送ってくれた読者の皆さま方、何より本作を手に取ってくださったあなた。心よりお礼申し上げます。またどこかでお会いできることを祈っております。

イラストレーター夕子さん
コメントページ！

書籍化おめでとうございます！

アリマくんをはじめ、個性的なキャラを楽しく描けました。

特にエトナちゃんの単眼には新境地を見たように思います。

かわいい。

どうぞイラストも併せて楽しんでいただけると嬉しいです！

夕子（YUKO）

書籍挿絵、キャラクターデザイン、TCG などの分野で活躍する気鋭のイラストレーター。
書籍の代表作に「落ちこぼれ剣士、追放されたので魔術師に転向する」（K ラノベブックス）など

HJ NOVELS
HJN75-01

クソザコ種族・呪われし鎧（リビングアーマー）で
理不尽クソゲーを超絶攻略してみた 1

2023年7月19日　初版発行

著者――へか帝

発行者―松下大介
発行所―株式会社ホビージャパン
〒151-0053
東京都渋谷区代々木2-15-8
電話　03(5304)7604（編集）
03(5304)9112（営業）

印刷所――大日本印刷株式会社

装丁――内藤信吾（BELL'S GRAPHICS）／株式会社エストール

Printed in Japan

ISBN978-4-7986-3237-7　C0076

ファンレター、作品のご感想
お待ちしております

〒151－0053　東京都渋谷区代々木2－15－8
(株)ホビージャパン HJノベルス編集部 気付
へか帝 先生／夕子 先生